■ 詩畵集

韓 의 숲

李 東 震

해누리

*1969년 12월 1일 발행한 〈韓의 숲〉 시집
그대로의 시적 감각을 위해, 원문 그대로 입력하였다.

사랑하는 어머니와
외할머니에게

— 목　　차 —

☆ 표 지 : 조 효 경
☆ 삽화 : 황창배 최혜영 주정숙 명윤성 조효경

韓의 숲을 내며

언어의 파도 속에서 우리는 정녕코 일체의 위선을 탈색한 하나의 진주를 줍기 위하여, 설익은 열매라 해도 끊임없는 정열을 태워 열게 하는 것이다.

하긴, 시의 평원에 그리 많은 메아리가 기다리고 있는 것은 아니다. 분주한 생활과 낮은 욕망으로 하여 우리네의 시간들이 거품처럼 우리의 이울어가는 피부를 스치고 간다. 그러나 적어도 앞으로 뻗은 길을 바라보는 여행자로서 우리는 젊음의 언어를 포옹할 가슴만은 그윽하게 남겨 두어야 할 것이다.

대학생활을 통하여 썼던 400여 편의 습작 간운데서 50편을 골라 여기 하나의 책으로 엮어내면서, 한편 기쁨에의 율동을 느끼며 또 한편 미숙함에 대한 두려움이 다가오는 소리를 듣는다. 그것은 창조의 본능만이 아량있게 감싸 주리라 생각한다.

평범한 생활 속에서 아름다움을 응결한다는 일이 쉽지 않음을 잘 알면서도 시도해 보았다는 것은 이제 젊음이 시작했기 때문인지도 모른다. 아니면 생활을 시로 표현하는 것이 아니라 시 그것 전부를 생활하고 싶었기 때문이었는지도 모른다.

初面의 균형을 위해 긴 이야기는 그만 접어두자.

이 책을 위하여 깊은 배려와 협조를 베풀어 주신 분들에게 끝없는 감사를 드리며, 특히 그림을 그려주신 李浣洙님께, 그리고 삽화를 그려준 여러분에게 정성스런 謝意를 표한다.

작은 심장에서 고동치던 고뇌와 번민, 애정, 환희, logos의 추구가 긴 향기를 지니고 겸험한 가슴속에 여운 지기를 바랄 뿐이다

1969. 11. 19.

李 東 震

율동하는 언어 속에서 젊음은 하나의 의미를 더듬는다
〈서울대 안양 풀에서〉

등불에 심지를 낮추며

호흡을 멈추고
별은 언 입김을 들여 마셨읍니다

하나씩 부서지는 넋의 조각들 따라
고운 언어들은
그 섬세한 길을 잃어버리고
멀리 낯선 거리에서
어색하게 그림자 하나 흔들리면서
등불은 스스러운 표정으로
심지를 낮추었읍니다

깊이 짜여진
우리네 기대였기 때문입니다

하늘빛 음성으로 나누던
찬 거리의 우정이라 해도 좋고
분홍의 약속으로 엮어진 시간들이
끊임없이 재생되는 밀실에서
진하게 끓어오르던 정열이라 하여도
더욱 기꺼운 이름이었읍니다

아아
가만히 부서져 버린 영상이여

언제라도 녹색이 산을 찾는
생명의 계절을 호흡할 때마다
가슴에 지워진 이름은 아마도
혜성처럼 타버린 젊음 때문이라도
다시는
귀하게 살아나지 못할 것입니다

지혜의 뜰

바다의 풍만한 육체에 내리어
섬세하게 율동하던 달빛의 손길
아직도 귓가에 뜨거운
은밀한 약속들의 花環.

발가벗은 태양을 향하여 물 가에
한 마리 오만한 짐승으로 서면
그대로 영원의 우상이 된다.

수평선을 기름하여 타오르던 욕망의
숱한 언어들이
모래톱에 딩구는 거품들 따라
마지막 원시인의 맨발 아래 부서질 때
파도의 강인한 입술이 정열을 잃고
처녀는 어머니 앞에
조용히 고개를 떨구었다더니.

잦아드는 바람결 따라 하얗게 돛을 접듯
방랑과 흥분의 旗를 내리고
잎새들이 다시금 지혜의 뜰로
비옥하게 돌아오는 소리 소리 소리

이제는 진실의 나무에 열매들이
단 맛을 한껏 곱게 응결하기 위해
하나씩 잡초를 뽑으며
大天使의 불붙는 칼날로 마른 가지를
사정없이 베어내야 할 시간

우리는 낯선 표정을 거두고
새삼 샘솟는 애정으로 펜을 다듬어
먼지 낀 책의 갈피를 더듬어야 한다

오류의 味覺과
자만의 피부를 떨어 버리고 왕국의 눈을 황금빛
젊음으로 끊임없이 두드려야 한다

대학신문 1969. 9. 1.

韓의 숲

숲이 너무나 어둡기 때문입니다.

잎새의 향기로운 내음과
초여름 저녁 바람을 하얗게 잊어버린 숲으로
우리의 발은 늘 정답던 길을 찾아가고
길 가 잘게 흔들리던 풀잎 위로
태양의 이슬처럼 반짝이던 이슬을 보기 위하여
가슴속에 설레임을 이유도 없이
마구 불러내는 폭군은 우리네
고귀한 젊음이기 때문입니다.

수없이 아름답던 별과
지칠 줄 모르고 바라보던 동해안의 물결과
그리고
셀 수 없는 세월 동안 잉태된 번민의 파도들이
탁한 밀물에 힘없이 떠밀려 오는
서쪽 바다의 그 많은 항구들.

조그마한 우리네 아이들이 아버지를 향하여
언젠가 가슴 아픈 전설을 물어 올 때면
우린
熊女의 이야기를 들려주면서 가만히
아이의 눈동자에 파문 짓는 자학의 씨앗 앞에
그대로, 그대로 化石이 될 것입니까

韓의 얼을 위한 하나의 제단을 아직껏
이 땅에 쌓아 올리지 못함은 정녕
길이 질기 때문입니까

숲은 너무나도 어둡습니다.

우리네 생명과 아이들의 아이들과
또 그 아이들의 끊임없는 아이들을 위하여
불멸의 성화 타오를 제단 앞에서
우리네 뜨거운 손을 묶는 자는 누구입니까
韓이여

약한 이웃의 운명을 지고
먼 길을 가야 할 우리네 발에
올가미를 거는 자는 누구입니까

제단도 없고 타오를 진실의 기름조차
마련하지 못한 채
우린 정녕
어두어 가는 숲속에서 밤을
밤을 기다려야만 합니까

현대문학 1969. 5.

우리네 공동의 슬픔으로

가슴에서 날아가 버리는 우리네 한숨들은
가난한 영혼의 눈물과 함께
오늘 이 하늘을 가득 덮은 구름이 됩니다.

부드러운 회색 휘장으로
우리네 지붕 위로 낮게 드리우고
슬픈 목소리로 찐하는 이야기를 들려줄 것만 같은 구름.

가만히 비가 내립니다
아픔이 골고루 퍼져내리는 것입니다.

진 거리에는
아무도 화려한 옷을 떨치지 않고
아름드리 나무 주위로
새의 지저귐이 들리지는 않습니다.
모두 깊숙이 젖어드는 가슴을 들여다보며
조용히
우리네 공동의 슬픔으로 울기 때문입니다.

태양 아래 밝던 얼굴도
매끄러운 시간에 긁히는 아픔을 감출 길 없고
넘치는 식탁의 미각도
이우는 피부에 씻겨 사라지는 것입니다.
그건 정녕
우리네 피로도 용해 못할 언어들.
미련으로 더욱 큰 괴로움의 산이 쌓이고
아쉬운 기억으로 파멸의 커다란 강이 쉴 새 없이 흐르는 것입니다.

무너져 내리는 잿빛 휘장 아래
시붕들은 발없이 물기를 머금고
끊임없이 소리치던 이 땅의 고통 속에서
들리던 낡은 언어들도
이제는 곱게 불타버린 가시의 재

가늘게 내리는 빗방울로 하여 나누는
우리네 운명 같은 슬픔들이
마르지 않고 눈동자에 남아 있기를 절실히도
염원하는 심장은 불멸의 정원에서
그칠 줄 모르는 성장의 싹을 발견할 것입니다.

찬미의 시선 없어도
우정 어린 악수 기다리지 않아도
성장하는 싹들은 슬픔을 빨아드리며
꺾임을 잊은 채
정원을 푸르게 뒤덮을 것입니다.

눌리고 찢기는 번민이 오르고
절망과 비애가 생활의 혈관으로 흐른다 해도
알맞은 인내의 시간으로 성숙하는 나무에
진실의 열매가 열리는 날에
우리의 눈물은 달디단 은총의 즙이 되어
함께 슬픔을 나누던 가슴속으로 빛나는 기쁨의 강물이
영원으로 춤추며 흐르는 강변에서 생명의 노래를 띄울 것입니다.

풍성한 결실의 찬가 속에서
새로운 아픔을 잉태할 것입니다.

불멸의 사랑은

지금은 무엇이라 이야기할 수 없습니다.

당신이
선율과 마음의 가느다란 떨림이
대화할 수 있음을 이해한다면
낮은 목소리로 가슴을 한 조각씩 떼어 놓는 사람의
그 깊고 긴 성실을 아실 것입니다.

잎새들을 온통 지게 한 찬비가
불 밝힌 조그마한 책상머리에 앉은 나의 가슴에
한없이 아픔을 가져다주면
모래톱에 부서지는 흰 파도 머리들처럼
어쩌면 더러운 개천 위로 끊임없이 솟아나는 물거품
그렇게 질긴 언어들이 뒤끓는 마음으로
당신 조용한 창가에 고개를 숙인 느티나무를 향하여
불멸의 희망을 이야기하는 것입니다.

티 없이 맑게 짜여진 마음결의 당신
당신이라면
먼지 가득한 대도시의 골목
골목을 다니며 캐어낸 언어
피곤한 나의 영이 피나게 토해내는 순수의 언어들을
부서지는 가슴으로 포옹할 수 있을 것입니다.

푸른 나무는 모진 불길에 타버려도
범할 수 없는 영역에는 새 봄을 위한 싹을 간직하기에

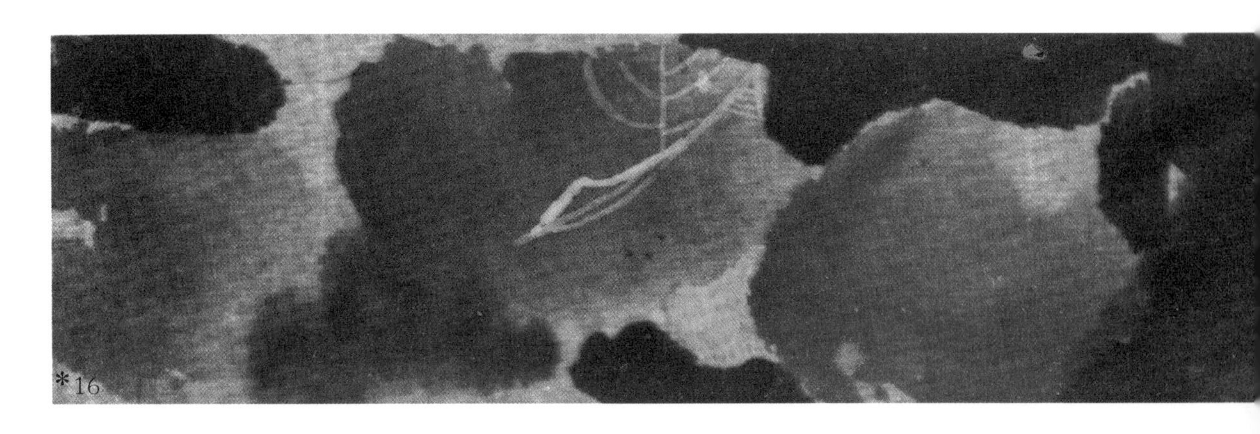

당신과 함께 나누는 삶의 시간들이 아름다운 것이고
꺼져가는 물거품들이 하나로 합류하며
더 찬란한 부서짐을 마련하기에 우리는
푸른 눈물에서 반사하는 맑은 빛 속에
끝없는 떨림을 발견할 수 있는 것입니다.

소란하게 흘러가는 사람들의 얼굴과 몸짓과
그리고 수많은 건물들이 때로는 추억을 엮고
달디단 아픔의 시간을 가져다주기도 하지만
영혼의 가느다란 두 불꽃이 하나의 불기둥으로
영원한 사랑에 감사와 찬미를 부를 수 있음은
城 아래 숲들이 찬란히 빛나는 순결의 왕국에서
맑게 호흡하는 우리들이기 때문입니다.

언젠가 평화가 이 땅을 다스리고
흰 눈에 덮인 산과 들이 시야에 가득 펼쳐지면
당신은 자랑스런 아들에게 또 딸에게
지칠 줄 모르고 당신에게 들려주던 나의 노래들을
하나씩 이야기하며 새삼
망망한 삶의 물결 위에 떠오는 사랑의 의미 앞에서
뜨거운 눈물을 흘릴 것입니다.

아아 그 시간
마를 줄 모르는 환희의 폭포가
밤하늘의 무수한 별이 되어
가슴마다 가득 부서져 흐를 것입니다.

현대문학 1969. 9.

저녁의 음성

물가에 젖은 바람결을 따라
저녁이 지붕마다 내려앉는 의미를 보라

낮게 드리운 회색의 휘장

한낮의 복잡한 계산들일랑 잠시 안주머니에 접어두고
마치지 못한 원한의 혀라면
챠임벨이 울리는 종탑 꼭대기로 솟은
나무 십자가 낡은 결 위에 잠시 머물러 두기로 하자

쓰라린 기억의 갚음이나 혹시 받아낼 값진 보람이라도
우리의 저녁 속으로 흘러가지 못하게 하자

바람이 머금은 물기에 실려
희미한 윤곽 위에 깃드는 저녁의 모습들이
굴뚝이 짓는 미소에 따라 또한 달라짐을
슬픔에 가득 찬 시선으로 바라보게 되면
솟아나는 기쁨의 샘이
한없는 강물의 줄기로 이어짐을 발견할 것이다.

이 땅의 호흡 중에 하나라도 어디
끊어지는 호흡이 있을까
이 땅의 눈물 중에 하나라도 언제
고독하게 말라버린 때가 있을까

매운 모래바람을 되살려내는 기억 앞에 우린
이웃의 가난한 죽음을 알리자

뜨거운 피 냄새에 흥분된 눈동자 위에
침묵으로 환원된 생명들의
비석을 보여주자
피부의 떨림으로 들뜬 혈관 속으로
저녁의 음성이 스며들게 하자

낮은 목소리가 몰고 오는 결실의 계절이
온통 부드러운 손길이 되어
부서진 가슴으로 찾아오는 저녁

일체의 邪念을 던져 버리고
창조를 찾아 눈길을 떠난 할아버지의 시체
그 위에 깃들던 우리의 저녁을
태초에 이 땅을 덮던 그 정열로
강하게
끈기 있게 머물러 두자
잉태의 정적 속에 번식하게 하자.

다시금 돌아가야 한다

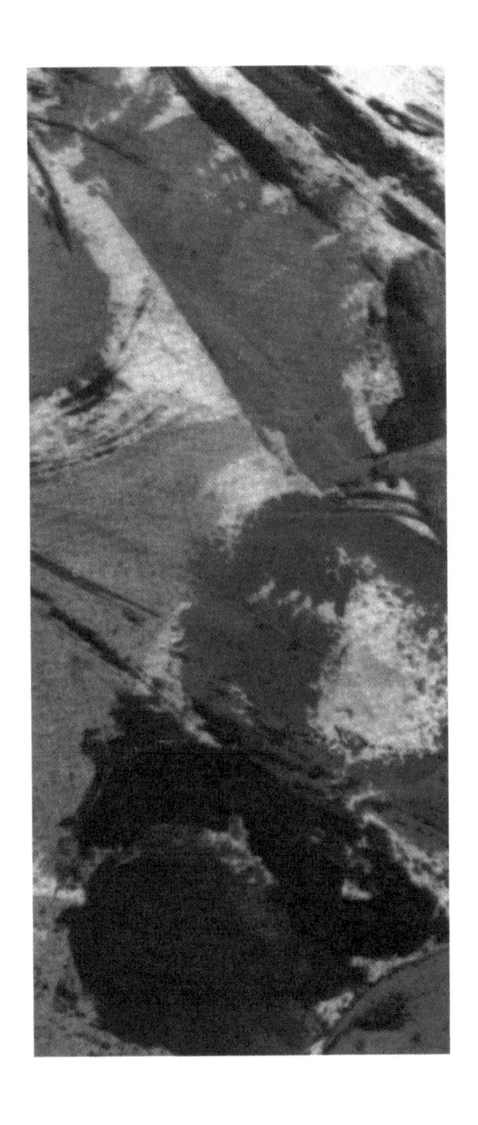

다시금
집으로 돌아가야 한다.

한낮의 이야기들은
뜨겁게 안주머니에 접어넣은 채
아직 마무리지 못한
아스팔트의 욕망들을 들여다보며
가슴을 한 겹씩 뜯어내면서
우린 돌아가야 한다.

그림자만이 길게
길에 부드러움을 깔며 가는 시간

스스러운 표정 위에 서러움이
설익은 석류 속처럼 물보라 지면
마구 선인장을 씹듯
새빨갛게 하루를 다지는 사람들

거품의 볼마다 영롱하게 흐르던 숲은
어두움에 부풀어 터져 버리고
스피카에선
문득 난파선의 비명이 쏟아지고

하아……
하아……
숨결은 거칠어진다.

單色의 바리케이드 앞에 얼어붙은
심장과 의무의 시선을 지나
끝없이 소박한 원시의 거리로 가면
아마
우리의 등불은 밝혀지겠지

싱싱한 녹색의 풀은
쓰라린 발바닥에 이슬을 주고.

지금은 망설임 없이
경건하게 돌아가야 한다
집으로
돌아가야 한다

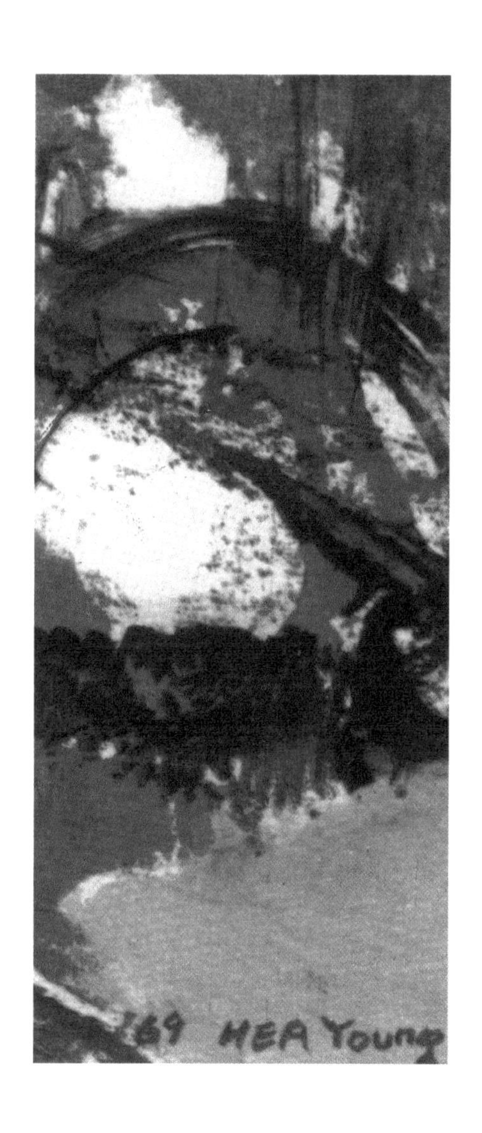

엽　　서

먼지가 날리는 거리에서
문득
엽서가 왔다
　　낮게 드리운 구름 사이로
　　저녁은 조용히 길 위에
　　스며들고 있다고.

수없이 많은 밤이 침묵하는 거리에서도
갑자기
엽서가 왔다
　　망설이며 또 망설이며 돌아선 사람들이
　　터지는 가슴으로 돌아섰어도
　　다시는 돌아오지 않았다고.

아침을 맞으러 기다리는 거리에서도
몰래
엽서가 왔다
　　가을이 깊어지면
　　가슴이 열린다고.

물의 음성

주전자 주둥이로 부드럽게 물의 음성이 퐁퐁 거립니다.
조용한 나리에서 익이온
이야기의 아름다움을 방안에 가득 넘치게 하고
오랫동안 생활의 분주로 하여
잊어온 어리석음을 나무라는
물의 은근한 시선인지도 모릅니다.
문득 빗소리를 들으며
성기어진 기와 표면으로 스며드는
또 하나 새로 온 음성을 가슴으로 받으면
하늘가에 겸허한 고개를 흔드는
작은 가지가 창을 장식합니다.
우리는 가만히 저녁을 들여다봅니다.
아무도 가까이한 적 없는 자연의 휘장을
조그마한 아이의 그 떨리는 마음과
장난기 서린 호기심이 함께 머문 손으로
살며시 들어 올리면
온갖 방언을 감싸는 휴식이 숨결을 가다듬으며
욕망으로 거칠어진 눈동자들을 찾아
달디단 여행을 떠나려는 모습.
흑색의 꿈이 끄는 마차가 곱지 않습니까
조그마한 난로가 따사로운 방
숨김없이 귓가에 흐르는 물의 이야기는
어쩌면
낮에 내어 버리고 망각했던 우리네 진실이
가슴에 조용히 되살아나는 소리가 아니겠습니까

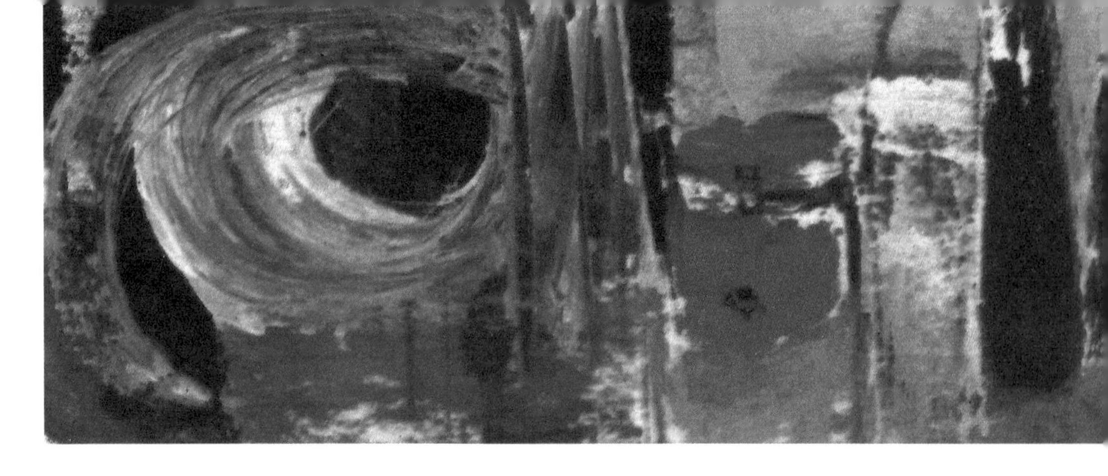

앙젤루스(ANGELUS)를 울리라는

도서관 창밖으로 보이는 하늘의 조각들이
나뭇잎 사이로 춤을 춘다
저녁은 가만히 영글어 가고
사람들은 안식을 향하여 즐겁게 간다
지붕마다 평화가 열리고
멀리 산속에 작은 샘은 하얗게 웃어준다
뜨겁던 길이 시원하게 식어진 지금
운전사의 표정에 깊은 만족이 어리고
하루를 아름답게 엮은 자신의 인내를 돌아보며
내일은 더 푸른 하늘 아래 달려보고 싶어진다
책을 향하여 앉은 젊은이들의 눈빛 속에
차츰 형광등의 흰색이 젖어들어 오면
김 내며 끓는 찻주전자가 문득 떠오르며
잊었던 어머니의 앞치마를 생각해 낸다.
참으로 다정한 고마움
어머니와 아버지와 또 형제들.
삶에서 찾은 천국은 한층 부드럽게 변하여
따뜻한 온돌방의 향훈으로 가득 채워진다.
지금은 저녁
가벼운 발걸음에 실려 집으로 돌아가야 할 때
쟁기를 멘 마을의 농부와 같이
가방을 든 젊은이의 가슴 위에로
석양이 반짝여 준다.
대학가를 흐르는 개천의 물굽이마다
비록 쓰레기로 지저분한 물이긴 해도
햇빛의 반사는 더욱 찬란하다

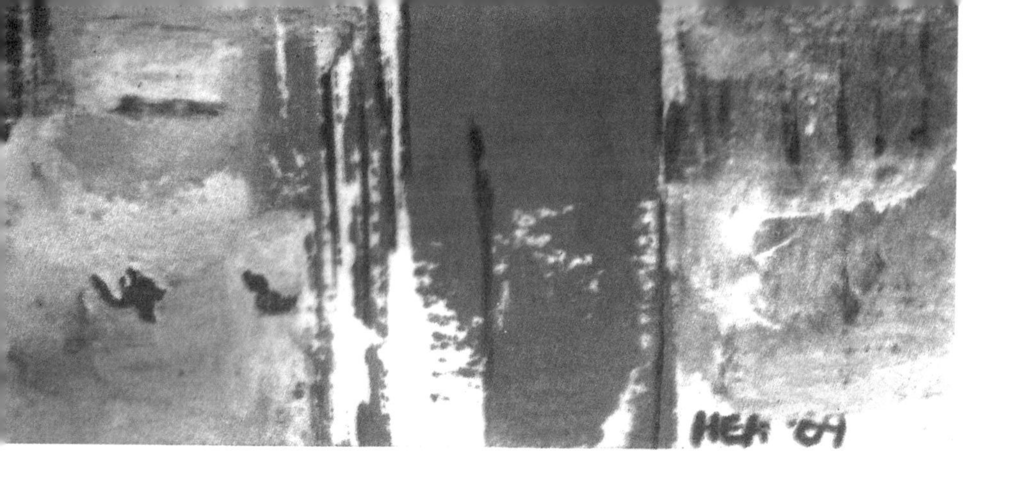

가장 아름다운 보석에서 되쏘이는 무지개처럼.
가로수는 시원스레 줄을 맞추며
내일 부를 합창을 연습하며 잎새의 머리를 식히고 있다
새삼스레 다시 창밖을 보면
산 아래 작은 교회당이 서 있고
종소리가 들린다
마음을 모아 경건한 앙젤루스를 울리라는
아버지의 고마운 음성이다

대학신문 1966. 8. 29.

註 : 앙젤루스(ANGELUS)는 가톨릭에서 아침, 점심,
저녁으로 3번 드리는 기도.
(저녁 기도를 위해 치는 종을 만종이라 한다)

다리를 건너야 한다

님의 가슴에서 흘러나오는
지혜의 강물은
창세기의 축복을 따라 이어지고
한 조각 삶의 원형극장을 물들이는
고통의 핏덩이들은
한줄기 나무로 응결되어 긴
긴 강물의 다리가 된다.

아담의 거울에 비친 사과나무들

그 그늘 아래
얼마나 많은 망설임으로 하여
넋은 목이 메어 몸부림하였는가

엉겅퀴에 찔리는 맨발만이
영원의 강변으로 나아가는 시간
장미의 정원에 딩구는 흙덩이는 또
어느 황제의 우상인가

다리를 건너야 한다.

손에 손을 깨끗이 이어 형제들은
다리를
건너가야만 한다.

휴　　식

어두움이 하늘과 대지를 뒤섞은 채 삼키어
능신이 사라진 후에도
불빛이 떨기지어 조용히 시간을 부수는 모습은
한낮에 피로했던 사람들의
잠시
조그마한 주머니의 휴식이 아닙니까

엄청난 소음이었읍니다

화산 밑에 들끓던 용암처럼
입술과 가슴 사이로
욕망이 시계추가 되던
화려한 실내

잎새의 녹색 그늘조차 마련하지 못하고
사람들은 다시
지평선에 흡수된 태양을 향해
남이 볼까 몰래
저마다 悔恨을 뿌리고

그나마 얇게 드리웠던 어린 시절의 추억이
산산이 조각난 채 굳어지던 길가에서는
몹시 뜨겁던 하루를 기억합니다

지워진 산의 얼굴 속에
무수히 반짝이는 등불들은
지친 마음의 창문들이
가만히 지꺼리는 독백 같은 것

밤이 왔어도
흔들림 없이 이어질 휴식은
정녕
언제쯤 이 땅에 충만할 것입니까

향기의 샘가에서 가을을

이끼에 스며 오르는 습기 속으로
맑은 호흡이 서서히 용해되면
밤으로 깎이는 벼랑으로 하여
한결 선명히 조각되는 하늘의 윤곽이여

잎새 조용히 붉어지는 마음이며
갈색의 외투 깊은 곳으로
긴 추위를 맞으러 떠나는 가지의 휴식이며
부서지는 시간의 흰 거품 아래
체념 어린 암석의 파편들 흩어지는 모습

정적으로 엮이는 신비의 응결을
삶이라 이름하고픈
지혜의 등불은
두터운 어둠의 벽에 걸린 채
계곡으로 가득 흐르는 물줄기에 빛을 뿌린다

지워진 하나의 발자욱이라도
식어버린 나그네의 한숨 하나이라도
아니면
수없이 날아가 버린 이슬의
가는 숨결만이라도
희미한 빛의 그물 눈으로
새삼 따사롭게 떠올리고 싶은 마음

넋의 끊임없는 전율이여……

잊어버린 이름 앞에서
밤새 오열하던 순수의 영을 위하여
잎새처럼 물든 진한 가슴을
결마다 고운 솔로 손질하여
희망의 색깔처럼이나 투명하게 걸어오는
가을의 식탁 위에
풍성한 이야기를 마련해 볼까
향기가 샘처럼 고이게 할까

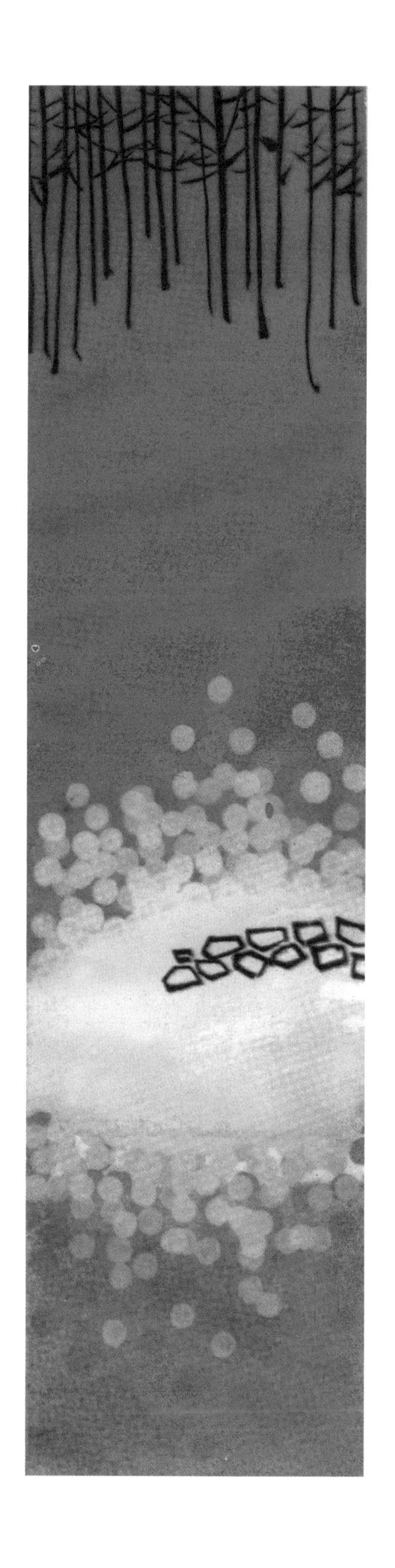

찻잔 가에서

한 방울 어리석음이
따끈한 찻잔 가에 머물면
거기
얇게 나의 입시울이 간다

소란한 거리의 이야기들이
조용히 문에 와 부딪치면
부서지는 입김들
흩어지는 마음들

그리고 조그마한 시선이 떨리며
노래는 방안에 가득 찬다

한 조각 어린 마음이
재떨이 가에 기댄 담배 끝에서
소리 없이 타버리면
비어진 찻잔 가에 새로 또 새로
긴 긴
가슴의 선율이 담긴다

잃어버린 이름들이
와서 깃든다

공원이 헐린다는 소식

명동에도 하나뿐인 공원이 자취 없이
헐린다는 소식이 왔을 때
녹색의 향기는 가난한 가슴들의 아쉬움을
내내 잊지 못하고
영원한 고향을 찾아 끝없이
여로에 올랐다

때와 냄새와
부서진 벤취와 지게꾼의 낮잠과
조개 파는 구루마꾼의 무리와
아이들의 손을 떠나 굴러가는
공 공 공

공원의 철책은 판결이 확정된 피고인처럼
공허한 미소를 잊지 않은 채
용광로의 품속을 응시하고 있었다

Sky Park 에서 마시는 음료는
Public Park 에서
약한 자의 한숨처럼 피어오르는
연탄재의 티끌로 하여
미묘한 미각을 잃어버리는가

녹색의 페인트만 남긴 채
싱싱한 생명의 잎새들을 거두어 간 공원이
서울의 심장 위에 마지막 떨리는 시선을 던질 때
정녕 조용히 깨어 앉아
쓴 즙을 마신 자는 누구인가

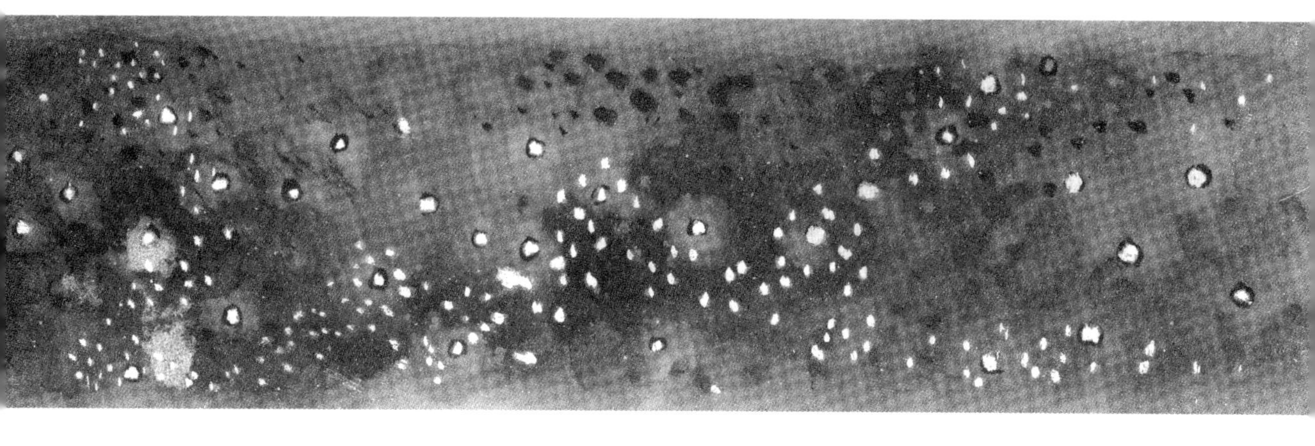

눈

외투의 소매 언저리로
싸락 싸락
눈이 스친다

외진 길을 돌아온 먼
눈물과 함께
소망의 여운과도 같은
우리네 음성

가만히 기다림을 할까

시간의 내음과
먼지의 짙은 회오리를 벗어
바람결에 날려 보낼까

눈
눈
눈

누구의 영혼 속에서
눈물은 맑게 고일까

운명의 미련과도 같은
우리네 바람 (望)
가볍게 눈만 스친다.

여 름

청과물 시장을 향하여
계절은 부지런히 치닫고 있었다
여가와 함께
갈증은 보채는 아이와 같이
목에 휘휘 감기고
등에 흐르는 땀방울은
전설 속에 이어진 대지의 창조를
강물로 엮고 있었다.

걸어도 걸어도 다시
뜨거운 길 위에 서고
폭발하는 태양이 아무 말 없이
지혜 용기 인내의 삼색기를 펼치면
토굴처럼 달아오른 뇌세포는
녹색의 잎새에 안기고

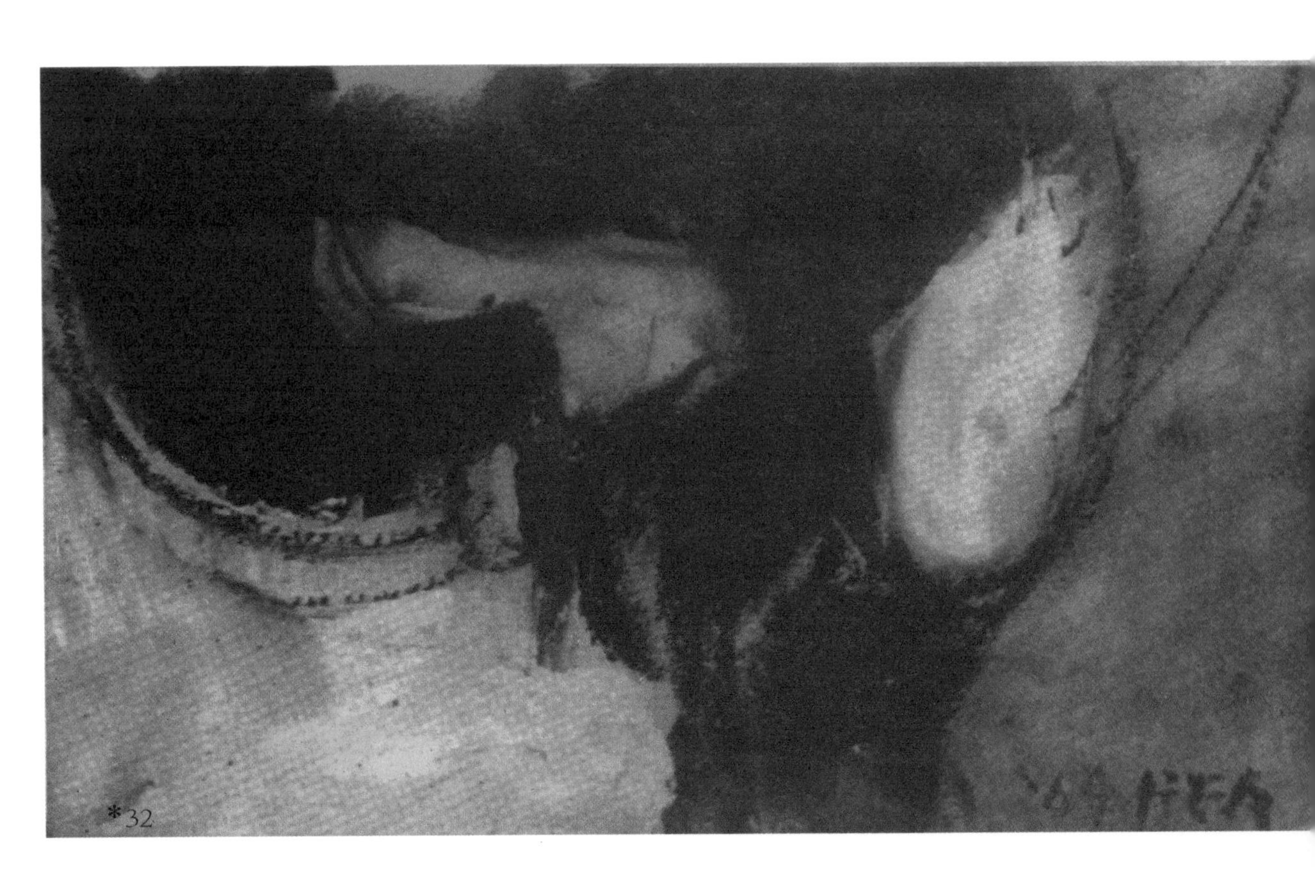

한없이
청량음료의 거품이 끓는 음향에 젖어 늘어진
노예가 됐다

밤은 어디서 올 것인가
서늘한 바람과
고요와
부서지는 가슴 넋의 시간들이

소금에 전 야채 곁에서
온갖 생명을 잃어버린 피부
쥐어짜면
거리의 소음이 쏟아져 흐를
노쇠의 의상이여

영원한 여로 위에서
여름을 걸어가는 마음

누리에 잦아드는 번식의 숨결이
바삐 들을 지나오면
가느다란 여운은 그래도
유행의 여파를 견디어 내어
여인의 가슴에 깃들 것인가

청과물 시장의 shopping 보다도
외밭의 한 포기 잡초를 뽑는 여인은
영원히
이 땅에서 질식할 것인가

잎맥 같은 약속들

빗방울 하나하나에 바람이 불면
커다란 가지에서 시작한 귀향이
가느다란 가지 그 소중히 간직해 온 잎새에 머물고
갈갈이 해어진 잎맥을 따라
약속들은 떨기지어 흐른다

....

언젠간 잊어버림이
시간 위에 눈처럼 쌓일 것이다

아쉬움으로 빚은 빵이
끊임없이 가슴에 회한을 출렁이게 해도
한번 망각의 이름으로 정리된
젊은 날의 낙서들은 부활하지 또 않을 것

끝 모르고 지껄이던 농담이었다
뜨거운 모래밭의 언어들

이젠
철새가 몰아오는 달로 밤이 부풀고
갈대가 침묵을 씹어야 하는 시간

가난한 골목마다
생명을 다한 서약이 새겨지고
그 위로 잎새들의 주검이 쌓인다면
우리네 정원에는 오래지 않아
한그루 不姙을 모르는 나무가 자라
꾸밈없는 그늘을 마련하리라

그럼
맨발의 아이들은 유리조각을 두리지 않고
행복하게
정녕 뛰어놀 수 있을 터이지

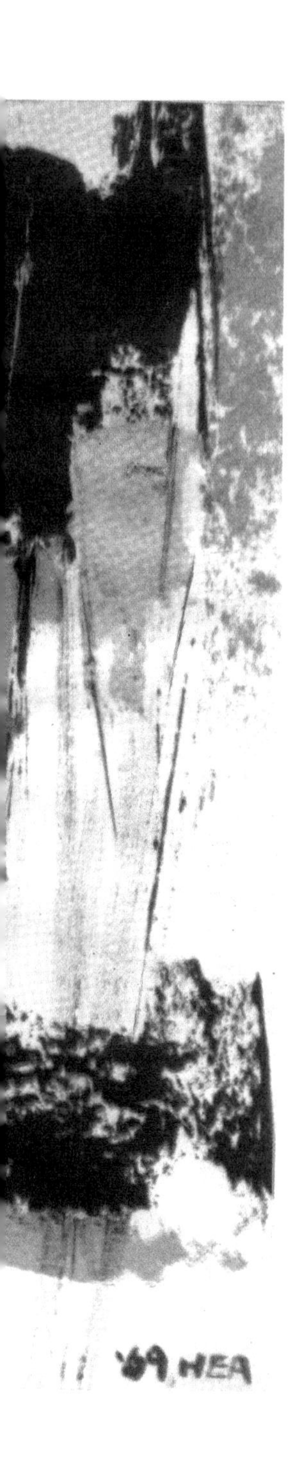

들 길

포플라의 잎새 사이로
풀잎의 지붕들 위로
마을의 호흡이 흐른다

멀리 강물이 돌아 흐르고
어느 한적한 여울에서
호흡은
강물 위에 떠갈 것이다

언어의 구성이 없다 해도
빛의 반짝임이 있고
구름 위에
태양의 연소하는 정열이 있고
우리네 시간을 따라
아름드리 나무의 열매는 성숙하여
산의 향기가 가득 샘지게 한다

가벼운 구름 아래
고요로 하여 맑은
전원의 들길이여

토 요 일

어쩌면 다시 띄우지 않을
미소가
토요일의 입가에 돌고
영화관 입구마다
긴 사람의 대열

저녁 빛 아래 고층건물
그 무거운 그림자

"내" 차례는 혹시나 올런지

어쩌면 표가 있겠고
어쩌면 없겠지

거리에 깔린 암표상을 따라
서성거리는 마음들

그렇지만
마지막 일런지도 모를 우리네
토요일을 위하여
정연히 줄을 서야 하지 않을까

5월은 어머니와 함께 오신다

혼잡한 삶의 여로에서
문득 마주친 정적으로 하여
깊숙이 피로에 젖는 영혼

하나의 불꽃을 담은
흰색 초의 속삭이는 음성이
어둠으로 닫힌 창에서 되돌아오면
가까이에서
가벼이 끌리는 옷자락 소리

5월은
어머니와 함께 오신다

향기의 샘가에서 꽃들을 거느리고
환희의 나라에서 모은 이슬로
이어 소박한 시간으로만
쇠약한 넋의 가으로
여운처럼 오시는 마리아 마리아 마리아

나자렛의 가난한 여인은
땀으로 축성된 상의와
투박한 올의 외투와 함께
벗은 발로 5월을 걸어오신다

끊임없이 창가를 두드리는
어머니의 다정한 눈길은
영혼의 아픈 곳을 열라 함이다
생명의 상한 곳을 열라 함이다

가톨릭시보 1969. 5. 4.

백합에 물을 주는 아침에

백합 핀 화분에 물을 주면
아침 조용한 시간에
순수가 아프도록 가슴에 저려옵니다

갈라진 꽃잎마다 지는 그림자 위에
한줌 어리석은 마음이 고이면
아아 여인이여
당신의 마음에 고인 그 많은 시간들이
순결과 사랑으로 익어가는 모습이
가만히 보입니다

멜로디에
한없이 귀중한 아름다움의 샘이
영혼 깊숙한 곳에 여기저기
솟아오를 때

채 열리지 않은 백합의 꽃망울은
가장 곱게 꽃을 낳으려
소담스런 모습으로 시간을 머금고 있었읍니다

맑은 물방울이
화분 이끼 사이로 스며드는 아침
희게 솟는 송이마다
당신의 아름다운 얼굴이 담기고
그리움의 파도 위에 떠다니는 나의 마음엔
당신의 행복한 미소가 흐릅니다

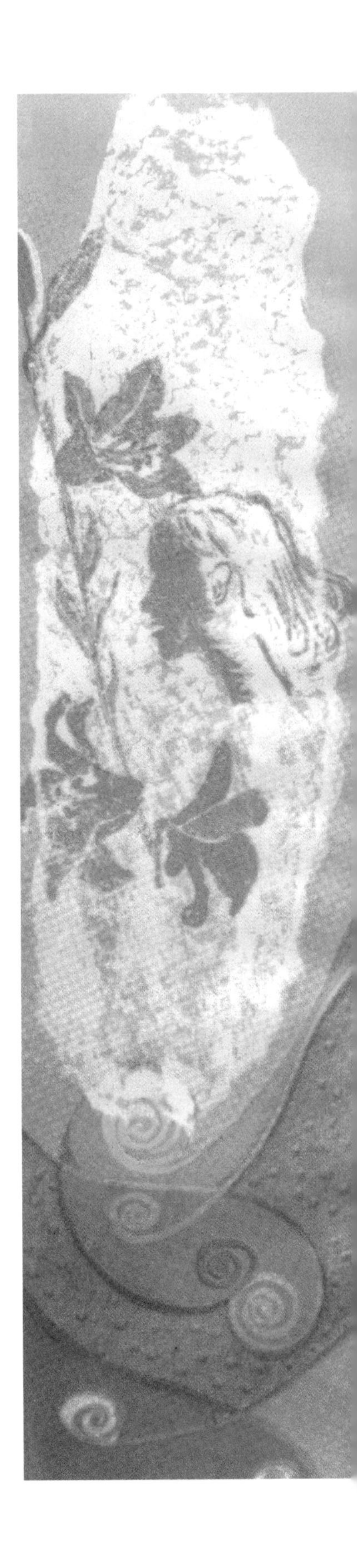

젊음의 향기를 어찌하렵니까

백합의 넋이 푸른 의상을 끌며 가벼이
우리네 가슴을 걸어가는 시간에
빈 들이 하나씩 둘씩
대화 속으로 고임은 어찌하렵니까

거리의 소음처럼 깊숙이
우리네 대지에서 솟아오르는 눈길
그 차디찬 교차에 몸을 떨며
잎맥 사이로 흐르는 바람결에 어디로
우리는 또 미소를 띄우렵니까

버드나무 가는 머리카락 너머 달과
부드럽게 응결하는 하늘의 밤은
잃어버린 낙엽들처럼
우리네 별들을 뿌리는 시간입니다.

저항할 수 없는 힘을 향하여
빛나는 창을 겨누던 낙원의 전설보다도
핏덩이로 정열을 개어
태초에 생명을 잉태하던 우리네 웃음

그 한 포기 또 한 포기는
우리네 순수의 마음속에 깊어만 가는
사막의 마른 잡초 주위로 이어
흔적 없이 여운질 따름입니까

우리네 망각의 연쇄를 향하여 끊임없이
한줌 향기를 날리는 잎새
계곡에 묻힌 한 잎의 마지막 음성이
가만히 생활의 분주함 아래 지워져야 한다면
우리네 젊음은
정녕 어찌하렵니까

휴일의 연못 가

맑게 개인 휴일은
고궁으로 향하는 발걸음 위에
가득 휴식을 심는다

손에 들린 바구니엔
소박한 평화들이 넘치고
시민은
흰옷으로 여름을 가고

고요한 못에
한가히 웃음이 피어오르면
흰 蓮
또
붉은 蓮

그늘 아래마다
행복한 가슴들

아아
아름다운 이야기가
연못으로 고인다

시장과 여인네

숱하게 흙이 젖는 진 길만큼이나
긴 진통을 밟아 온 여인

쓰레기 더미를 에돌아 뿌려지는 혼잡과
색종이처럼 날리는 소음들
소음들.

주름 사이마다
헤픈 웃음과 함께 그늘져
헤펐을 눈물이 흐른다

망각으로 떨치려 몸을 떨어도
감기는 음성 음성
아, 낮은 여운들
야채 시든 잎새의 녹색 위로
허리를 굽히는 여인의 손끝 떨리는 곳에
잔인스레 고이는 시간의 결은
한껏 부푼 바람결 따라
하나씩 하나씩 불을 켠다

보석을 고를까
아니
서리 지어 가슴에 내리는 눈물보다
더 아름다운 진주가 있을까
휴식의 영원한 응결
여인의 무덤보다
더 큰 눈물이 또 있을까

비비며 지나가는 시장길에서
조그마한 삶의 등을 켜면서
여인네는
깊은 주름 뒤로 눈물을 모으며 가만히
가만히 미소를 다듬는다.

대학신문 1969. 6. 2.

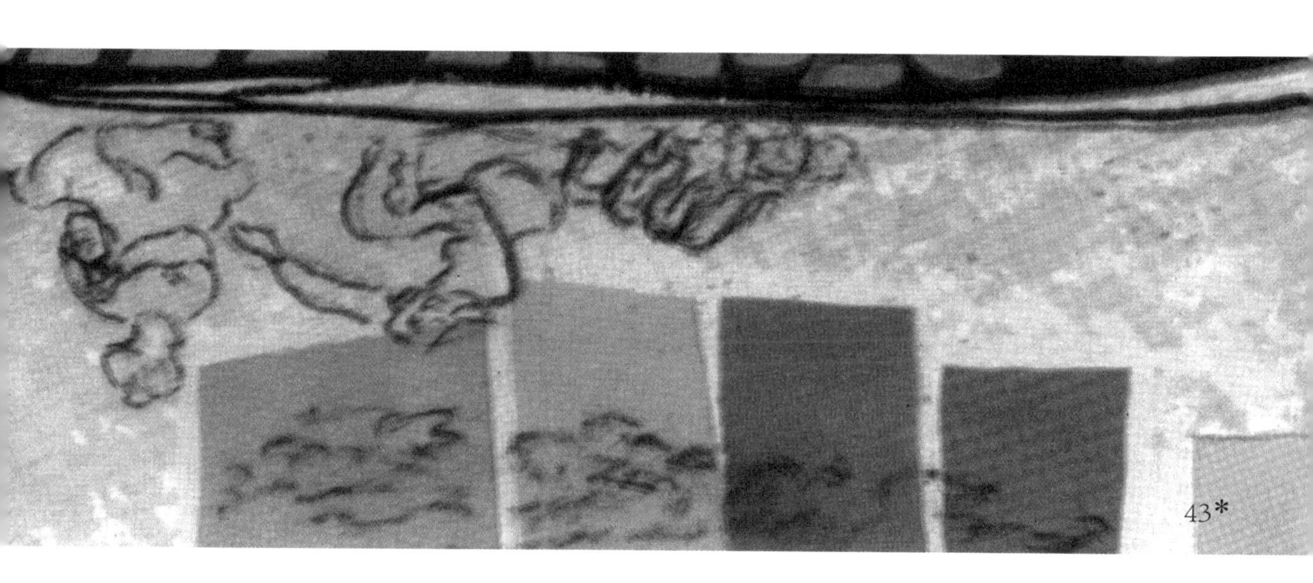

몸을 뒤척이는 여인의 밤에

여인은
어이하여 결조차 헤아릴 수 없는 어둠
그 진한 입김 속에서
아프게 몸을 뒤척이는 것입니까

끝없이 우리는
휴식의 포옹을 이어야 하는 밤인데
이렇게 가슴을 물어뜯는 이는
어이
독에 전 침을 흘리고 있습니까

대화를 멈추고
깊이 고요를 깔고 누워야 하는 시간
지금은
창조만이 욕망과 섞이는 심장입니다

멀리
한 마리 작은 짐승의 신음이 들리면
곧
피 흐르는 육체 곁에서
우리는 어린아이를 추수할 것입니다

아아
공간이여

얼마의 진통이 지나면 비로소
뒤틀림 없는 희열이
여인의 이토록 여문 가슴 위에
풍성한 젖의 샘을
하나씩 열게 할 것입니까

트　　기

흑인 병사는
양심의 가책처럼 대화가 필요했던 것이다
먼지와 피와 땀이 폭격기 그림자 아래
엠— 원을 좀먹는 어느 고지에서도
못내 대화를 욕망했었으니까

그리고
여인은 병사의 고독을 맛보았다
여인은
戰火로 타오르는 제물이 되고 싶었던 게 아니라
다만 함께 검은 시간을 걸어가며
대화를 나눌 수 있는 자신의 능력을 감사하며
자학의 방패로 소음을 막았던 게다

흑인 병사는 파종하는 농부처럼 부지런하게
피부를 심어 놓고 갔다
그리고 그 피부는 잠들지 않고 벼처럼
무성하게 자라고 있었다

곧
가을이 오겠지

병사의 고독 속에서 패배를 잊었던 여인은
채 익지 못한 대화를 기르며
초가집 토담을 돌아가지만

포도알이 서러운 게다
풍성하게 익은 까만 포도알이
여인은 서러운 게다

소녀와 어머니

실내에 충만한 현악 4중주
찻잔이 나란한 테이블 주위는 물론
잔을 마주하는 의자 둘레로
음악은 보이지 않는 소리의 휘장을 드리워 주고
담배의 건조한 연기가 간혹
대화의 은밀한 향기를 흩을 뿐
토요일을 함께 나누는 마음들은 편한 자세로
착하고 순하게 앉아 있었다

겨울의 휴일이 공급하는 난로의 미각과
스팀이 퍽 잘 장비된 산실에서
생명과 겨루는 언니의 이야기와 함께
조용히 뛰는 심장 속에서 듣던 미래의 음성을
조심스레 귓가에 수놓는 소녀의 상기된 볼은
끊임없는 미소의 여운 위로
향연처럼 피이 오르는 젖과 생명.
絃의 숨결 따라 눈빛은 멀리
결실의 고향을 향하여 갔다
어느 순금의 잔에서 익은 지혜가 있어
여인으로 익어가는 소녀의 넋 속에
한 방울 사랑으로 떨구어지랴
精製된 파도의 의지 가득 담은 시선 그
마주 오는 부드러움이
4중주가 끝나는 곳에 시작하는 찬 바람의 거리를
가만가만히 띄워 주었을 때
흰 목의 율동은 빛 속에서 말했다
"여자가 설령 화병의 장미라 해도
어머닌 비옥한 화단에 뿌리내린 꽃
강한 장미랍니다"라고.

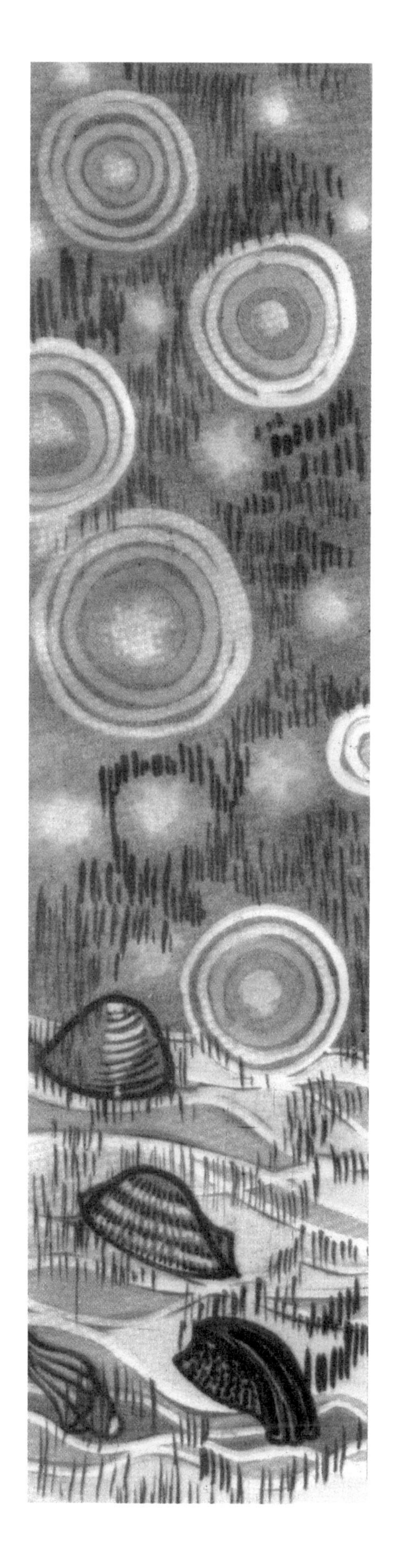

조개를 줍는 마음

바다 밑으로 깊숙이 숨겨진 비밀들이
조그마한 조개에 담기면
파도는
썰어가는 율동에 따라
해변에 가득 토해 놓은 패각을 애무하며
부드럽게 스러지는 노을의
잔 빛을 반사한다

돛폭이 일렁이고
수평선을 포옹하는 긴 모래밭이
발아래 가벼이 쓸려 내리는 시간에
아아
조개를 줍는 사람들

샛별을 쓰다듬고 볼에 부서지는
바닷바람 속에서
신비를 머금은 조개를 줍고 싶다

아름다운 사람의 가슴속에 펼쳐진
순수의 해변에서
영원한 별빛으로 다듬어진 하얀 조개를
파도가 부서지는 바닷가의 시간 속에서
꼭
하나만 줍고 싶다

어느 무더운 거리에서 만난 내 어린 날의 벗에게

기나긴 세월 동안 서로 잊었던 일이 있더라도
벗이여
무더운 거리에서
시끄러운 소리의 파도에 허덕이는
그림자를 이끌고
곤한 몸으로 우리 마주치면
시간의 흔적일랑 떨어 버리고
웃으며 눈물을 글썽거려 보세

자네가 유행가를 좋아하고
이 내가
클라씩을 즐긴다는 것이
뭐 그리 대수로운 일이겠는가
벗이여

어느 피곤한 길을 걸어왔길래
그렇게 자네의 그림자가 무거운지를
낸들 알 수 있겠나만
그래도
우리 어느 이름 모를 도로에서 마주 설 땐
서성거림일랑 접어두고
뜨거운 악수를 나누어 보세

또다시
길이 갈라지는 곳에 이르기까지
우린 그렇게 웃으며
울며 순진했던 어린 시절을 이야기하며
함께 시간에 조각되어 가세

그리고는
아무런 아쉬움도 없이
조용히
찬란한 빛 속으로 걸어가세

벗을 보내며

무겁게 보이는 가방을 들고
벗은
벽시계를 바라보고 있었다

멀리
밤의 융단을 밟으며 조용히
닥아오는 기차의 호흡

개찰구로 사람들은 움직이기 시작하고

택시의 행열
이맘 때쯤이면 늘상
뜨겁게 달아오르는 공중전화
길손의 가슴속에 남은
아쉬운 여운들 때문일까

목소리와 이름들

가볍게 손을 흔들어 보이며
훌훌 걸어간 벗의 입술 위에선
어두움만이 찰랑거리고
눈물의 반짝임은
너무나 먼 곳에서 서성거리는 여인이었다

언젠간 나도 벗이 탄 기차를 타야 하는데
우리의 이야기는 단절되는가 단절되는가

잉태되어 가던 순수와 창조는
닿을 수 없는 절벽에 부서지는
희디흰 물거품인가

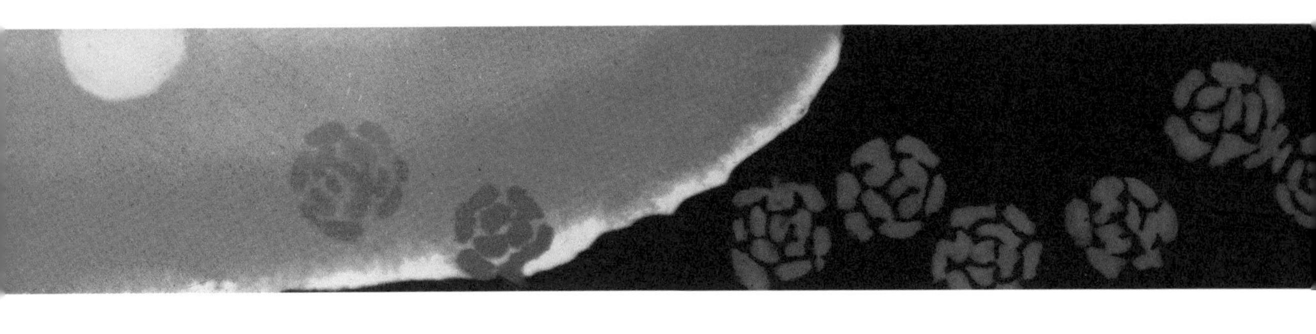

사랑이 혈관을 흘러가며

달디 단 저녁의 고요가
노을로 피어난 장미에 머물면
부드러운 꽃잎 갈피마다
당신의 풍성한 미소가 담깁니다

석류는
6월의 정열로 익어가는 향기 속에
가만히
뜨거운 삶의 기쁨을 속삭이고

신선한 잎새들의 그 푸른 노래와 함께
한없이 자비로운 하늘
오오 하늘

사랑이 혈관을 흘러가며
수없이 아름다운 이야기를 들려주면
순간순간마다
설레임의 해일이 가슴으로 일고
당신의 찬란한 눈동자의 반짝임은
내 정원을 밝혀주는 영원의 별이 됩니다.

석류 익어가는 향내 속에 장미는
당신의 미소를 띄우며
나의 가슴에 영원한
사랑의 샘을 솟게 합니다

어느 길 잃은 별에게

소나무 숲 아래에는
지난해 쌓였던 잎새들이
구름에서 흘러오는 바람에 젖고
깨끗한 비가 쓸어간
고궁 널따란 길

어느 길 잃은 별이
눈에 가득 빛을 머금은 채
피로한 도로에서 헤매는 이야기

사랑으로 시작한 시간은
여인의 고운 가슴에
시달림을 낳고
곧
온갖 인내를 고갈시켰다고
낮게 드리운 구름은 빗방울로 잎새를 두드리며 속삭인다

지난해
아름다운 여인의 마음속에 심겨진 아픔들은
이제
무수한 빗방울이 되어 떨어지고
소나무 숲 아래 가슴은
한없이 순수한 아픔에
젖어온다

막 걸 리

쌀이 썩으면서
창덕궁의 대들보가 썩었는지도 모른다
셀 수 없는 날들을 지나
구수하게 익어 온 부패여

텁텁한 맛은
오히려 합바지의 멋
겨울을 걸어가는 영감님네
추울 듯 짚신 위로
하얗게 도사리는 인정

우중충한 정지를 나서는 아낙
행주치마에 손을 닦는 모습이여
가냘픈 근심이 머무는 곳에
조국의 슬픈 이야기가 익어가는 동안
조금씩 맛을 더으는 것은
화사함을 잊은 너의 호흡 속에
하나로 썩어가는 사내들의 마음이
내일을 위해
즐거이 죽음에서 이리라

이 땅을 다스린 의지는
막걸리
네 투박한 심장에 깃을 들이고
너를 빚기 위하여
농부는 여름내 땀을 흘렸으리라

폐쇄된 가슴들

문을 닫듯
단추를 잠그는 가슴

성벽을 감시하듯
피부를 손질하는 손길

홍수처럼
말은 풍성해도
성문은 늘 닫힌 채 벽은
높기만 하다

아름다운 하늘의 색깔 속에서도
눈은
텅 비인 들

시든 풀잎만 하늘거린다
바람만
맴돌다 간다

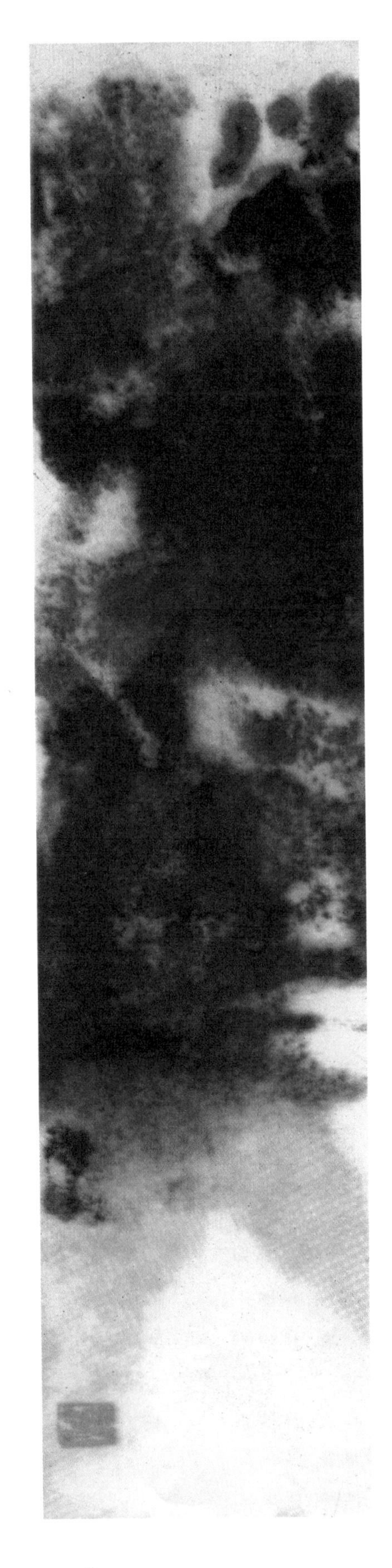

대　　학

대학은
여러 갈래의 강이 흐르는 소용돌이
머리 큰 괴물이 난무하는
어쩌면
무질서의 극치인지도 모른다

연애라는 메두사

매서운 바람이 휘몰아 부는
북해 한 孤島에서
이리처럼 날뛰다 이리가 된
사내들
계집애들

오만이라는 폼페이우스
허영이라는 페르샤

대학은
하마터면 "놀라게 할뻔했던
혹시라도
카네기 홀의 엉터리 변사"

변사는
조소하는 귀부인들의 무식 앞에서
엄숙한 제복을 입고
마르스의 언어를 지껄이고 있었다

무　　도

불빛이 줄기지어
하나씩 색깔을 몰아오는 무대
입을 다물어도
화려하게 시작한 무도였읍니다

선율과 율동하는 육체와
어두움이 하나의 깊은 심연으로 녹아들면
갈채는
선회하는 가슴 위로 물결 지고
가난한 음성들은 입구에서 서성거렸읍니다

아아
약한 숨결에 흔들려 지워진
숱한 몸짓이여

투명한 빛이 그릴
더 많은 얼굴들이여

먼지의 길을 휘이 휘이 돌아
지친 넋으로 되돌아올 때
정녕
무도는 빛나는 의상으로 이어지고
착하게 웃어주던 사람들은 변함없이
쓸어지지 않고 기다릴 것입니까

회전하는 무대 위에서는
아무도 입을 열지 않았지만
무도는
화려하게 시작한 것입니다

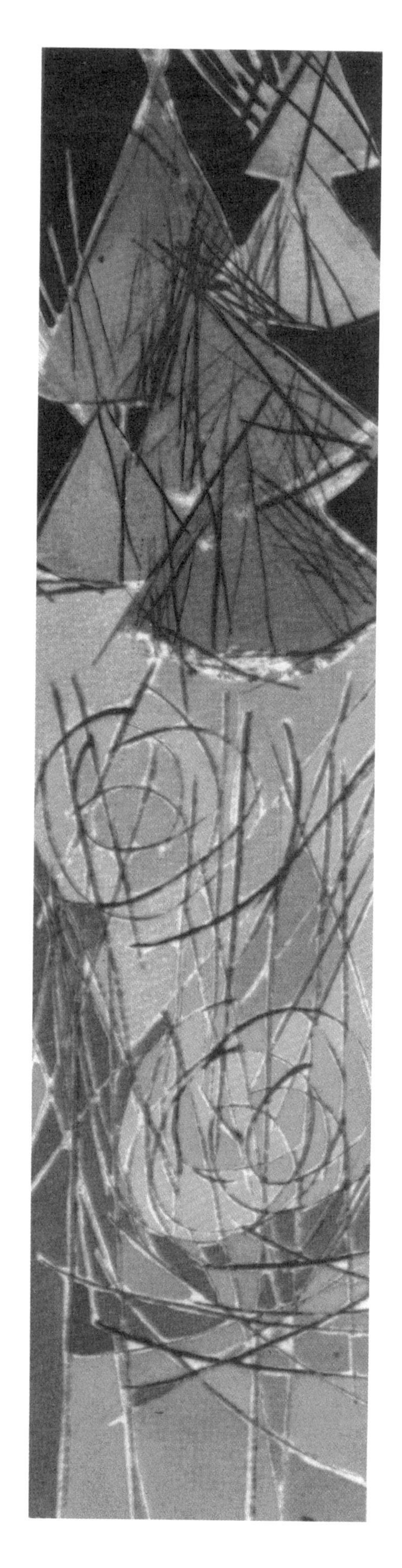

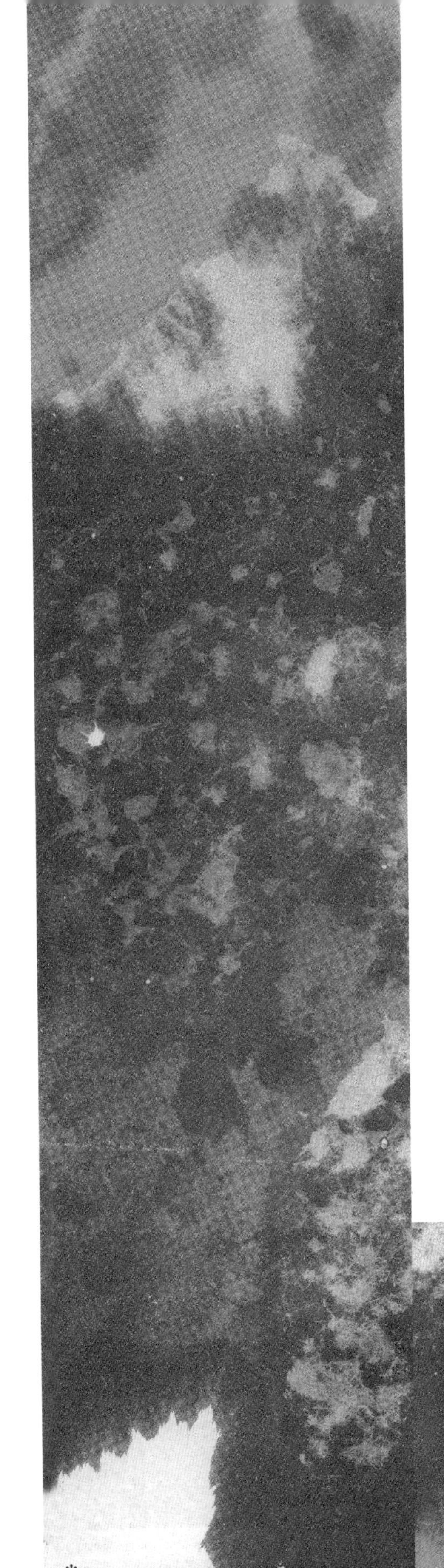

우리는 하나씩 체포되어 갔다

마취된 민족의 양심에
일체의 진리의 마지막 증언자로서 우리는
다만
젊음과 지성을 방패로 하여
여름의 심장 위에 布陣하였을 뿐

빈곤과 기아의 에집트로부터 탈출하여
조국은
약속된 땅으로 가고 있다지만
광복절의 폭죽처럼 터지는 최루탄
그 파편에 다리를 절며
우리는 하나씩 체포되어 갔다

自愛의 발톱을 기른 야수들의 비웃음 속에
누가 저항의 십자가를 세우고
또 누가
살해된 어린 양이 될 것인가

소경을 인도하는 소경들이
법률의 철근과 질서의 씨멘트로 건설한
요르단 강의 다리를 건너가면

번영이란 간판의 納骨堂 속에서
형체조차 남지 않고 썩어버린
자유 평등 정의의 삼색기
그 깃대만을 발견할 것이다

질서의 이름 아래
독버섯처럼 번식한 질식의 거미줄이여
아아
법률의 이름으로 은폐된
강한 자의 숱한 범죄들이여

눈물을 흘리며 전진하는 우리의 함성은
들을 귀 있는 자의 귓가에 하나도
메아리치지 못할 것인가

상아탑에서 골고타에 이르는 통로가
욕망과 독점의 명령으로 차단된다 하여
불멸의 삼색기는 영원히
이 땅에서 부활하지 않을 것인가

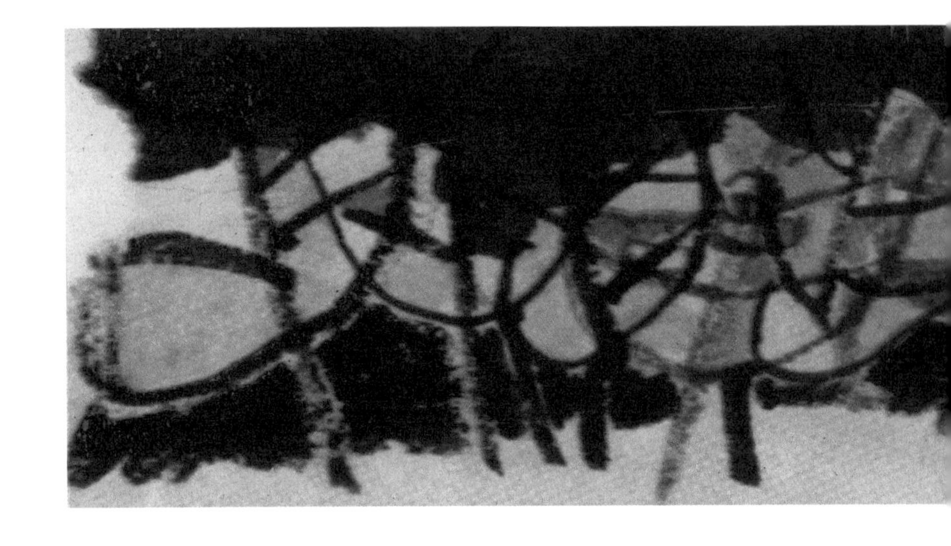

어린 날의 추억

남자이기에 나는 징병검사를 받으러 갔다
우연히
정말로 얼굴까지 잊었던
내 어린 날의 학우들이 거기에서
내 이름을 기억하며 기다리고 있었다

그러나 내겐
대답할 이름이 없었다
함께 나누며 눈물이나마 글썽거려 볼
그런 추억 어린 시절도 없이
작은 동네에서 아마 우린
죽음을 키우며 살았는지도 모른다

이젠
직업과 결혼과 아이들
그리고
먼저 무기를 들어야 할 시간

6월의 정오 거리에는
그늘만이 그리운 마음
해운대에서 왔다는 한 녀석의 얼굴에서
물씬
바다 내음새가 났다
그 짠 바람과 함께.

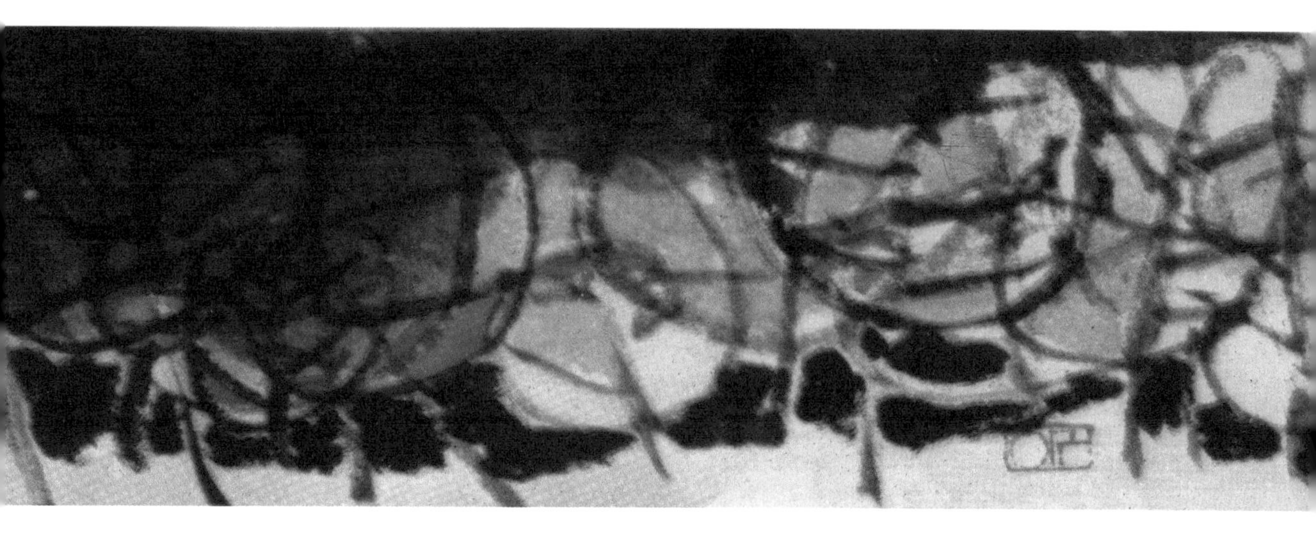

그래도 우린 그 빈곤한 옛날에서 무엇인가 아름다울 수 있는
이야기를(아픔의 이야기라도) 찾아내고 싶었다
종아리를 맞던 긴 낭하
운동회 소나무 숲 겨울
이름마저 생각나지 않는
내 주위의 벗들이 말해주는
이제는 시집가버린 소녀들의 이름이
　(글쎄 소녀들일까
　하긴 어린 날은 가슴속에서 자라기를
　영원히 멈춰 버렸으니까)
얼마나 공허하게 들리는지.

문득
흐뭇한 추억을 사고 싶었다
뛰어다니는 거리의 아이들 이마에서
흐르는 땀방울이 가슴속으로
한없는 아픔의 가시가 되어 파고들 때
이 세상 모든 아이들에게
회상할 이름과 이야기들을
한 아름씩 안겨주고 싶었다

무르익은 여름날
잔이 오고 간들
우리에게 어린 날은 창조될 수 있을까

평화의 즙

찬 비가 어둠에 스며들고 있었읍니다

정적은 무덤의 곡선마다 흐르고
마지막 삽을 뜨는 눈에는 괴로운 핏발이 서고
사랑하는 벗들이
이젠 쾌활한 웃음을 잊어버린 그 입술 위에
딱딱한 울분만 띈 채
흙 속에서 최후의 휴식을 누리는 것은
밤이 내리고
이별이 홍수처럼 戰場을 휩쓸고
그리하여 모든 마음들이 쇠약해지는 신전에서
더러운 발자국이 어지러운 때문입니다

새로운 싸움을 위해서는 땀이 식어야 하고
발랄한 새싹을 위해서는 눈이 녹아야 하듯
아름다움과 아픔의 교향악에
귀를 기울일 줄 아는 마음이
아아 그 마음들이 짓밟혀도 봄이면
어김없이 싹트는 진실처럼
영원한 녹색의 낙원을 창조하기 위해서는 이렇게
어둠에 스미는 빗방울마다
삽든 손의 가느다란 떨림이 흐느껴야 합니다

어깨를 나란히 피 흘리던 벗들이
사랑과 이별로 유언을 점철한 채
차디찬 핏 속으로 생명을 잉태함은
자랑스런 아들들이 새봄의 대지에 싹터
평화의 즙으로 자라고
다시는 유혈의 제사로써 인류의 한 아버지를
노하게 하지 않으려 함입니다

삶은 한 권의 책

生은 한 권의 책
하얗게 엮인
두툼한 책

혹시라도 뉘에겐
작은 팜플렛

붉게 장미로 기록한 시인과
검게 튜립으로 조판한 수도자와 그리고……

무슨 그림을 그리던
무슨 노래를 심던
삶은
조그만 한 권의 책

당신의 책은 아마
아담한 사륙판

한 장씩 갈피를 넘길 때마다
경이에
끝없이 가슴을 조일까

거기 황금의 페이지에 기록된
둥근 글씨는
당신 순수의 영혼이 부른
영원한 노래

다갈색의 여인

강가
갈대 우거진 숲을 끼고 걸으면
가슴으로 가만히 솟아
젖어드는 음성

풀벌레 노래 위로
하얗게 부서지는 달빛의 보라들

속삭이는 은파의 경쾌한 무도에 따라
하나씩
별이 솟는다

은행나무의 거리로 가면
다갈색의 여인은 노래를 할까
수은등 아래
토젤리의 세레나데를

귓전으로
물 묻은 바람이 분다
하늘 가에선 커다란 향훈의 샘이
별들 눈웃음에 일렁이고

어두운 들녘 아래 먼 불빛도
조용히 노래를 띄운다
여울을 굽이굽이 돌아가면서 반짝이는
강물의 기나긴 이야기 위로

펼쳐든 책의 갈피마다
숱한 노래가 쌓이는데
갈대
바람
별
여울 그리고
샘

다갈색의 여인은
아직
세레나데를 부를까

十月의 大地 — 狂詩曲(Ⅰ)

10월의 대지에서는
분화구에서 솟아오르는 진한 깨스처럼
黃塵의 메마른 음성이 솟아오르고 있다
어디를 보아도
눈에 비치는 그림자는 渴水期의 함성
쥐에게 뜯어먹힌 빈 머리통만이
가슴 위에 덩그러니 얹혀진 것은
파열되는 아스팔트 위에 흘려질 피가
아직 응고되지 않기 때문이다
흡수되고 흡수되고 또 흡수하기 위해서는
흘러가는 물보다도
줄기는 응고된 핏덩이를 탐식하기에
아스팔트에 떨어진 피는
공허한 도시의 메아리에 稀釋된 채
엉겨야 하는 것이다
엉겨 붙어야 하는 것이다
黃塵만이 피어오르는 十月의 하늘 아래서도
무덤처럼 가슴을 삽질한 후
뿌리 마른 장미를 심는다
잎새 하나도 싱싱할 리 없고
줄기 하나 꼿꼿할 리 없지만
메마른 뿌리는 절망의 즙에 훈훈해지고
엉겨 붙은 핏덩이를 빨아들일 것이다
그리하여 가슴마다 피어나는 것은
창백하고 저주스런 장미
피를 흘리며 비틀거리는 태양
한없이 깊숙한 눈동자에 고이는 부패와 균
— 폭발하는 웃음과 조소와 사기와 시기 속에 균은 균을
먹고 번식한다
죽어버린 하나의 세포를 위해 통곡하는
아들은 먼지 속에
갈증을 본다
鼓子를 본다 대학신문 1967. 10. 2.

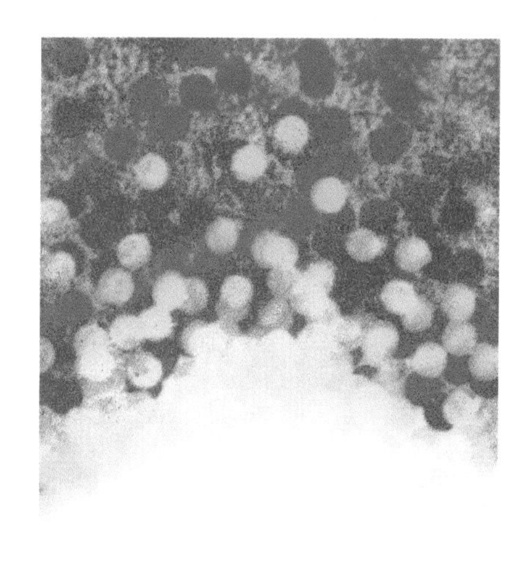

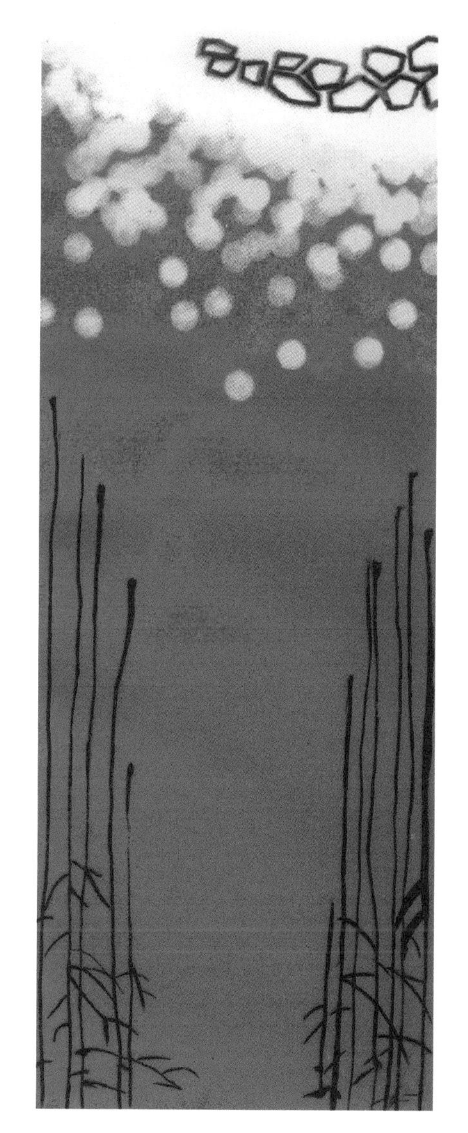

빵과 포도주의 식탁

사랑하는 사람은 늘
평화와 안식의 빵을 가지고
기다리는 사람의 식탁을 찾아옵니다

사나운 파도 위
시간이 부서지면
기다리는 가슴에 마지막
불빛이 일렁이고
이마는 깊숙이 주름 속에
고뇌를 간직합니다

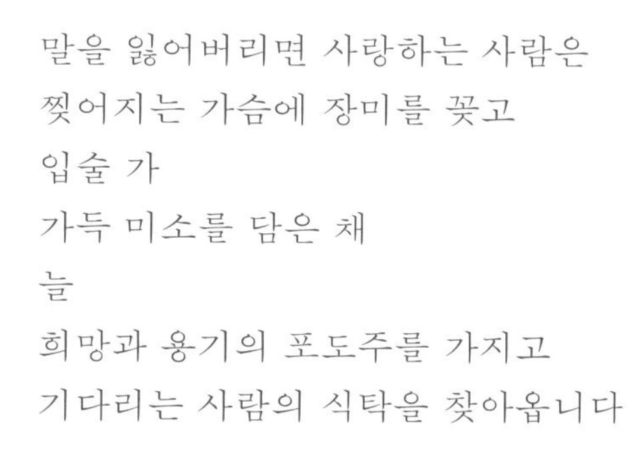

말을 잃어버리면 사랑하는 사람은
찢어지는 가슴에 장미를 꽂고
입술 가
가득 미소를 담은 채
늘
희망과 용기의 포도주를 가지고
기다리는 사람의 식탁을 찾아옵니다

빵과 포도주와
사랑하는 사람들과……

이렇게 하여
창조는 영원한 생명 안에서
가슴에서 가슴으로 전해집니다

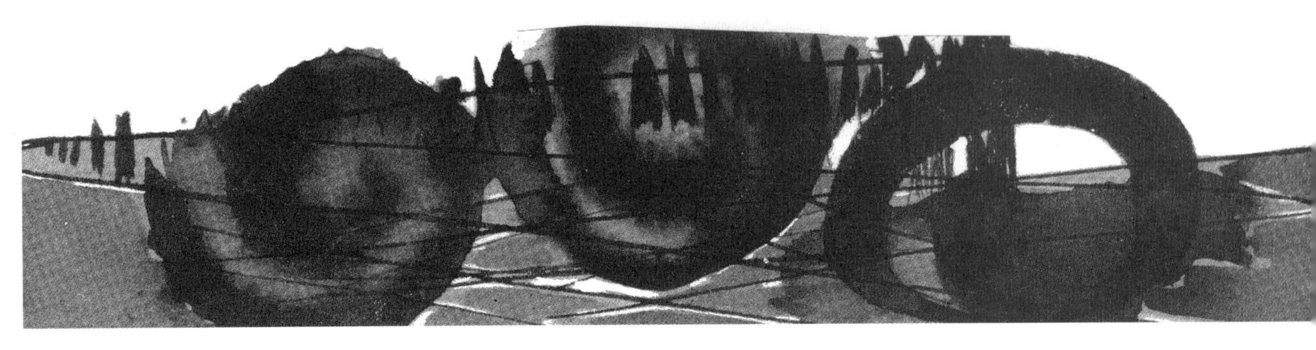

다시금 폐허를 갈아엎는 소리

갈대밭에 표류한 사나이의 손은
굳어진 근육으로 쟁기를 쥔 채
고동 멈춘 심장에 연결되 있었읍니다
산의 허리가 파열되면서부터
계곡은 광증에 몸을 태우고
지붕마다 내리치던 죽음의 섬광이 멀리
델타 지역으로 찢어진 가정의 파편들을 운반하면
초원의 지대는 비옥한 추수를 잃은 채
다가오는 북극의 바람으로 몸을 떨었읍니다

창조의 흙덩이를 부수고 곱게
인색함 없는 젖가슴에 한 알씩 경건하게
기도의 음성을 심던 손
하늘을 향하여 타오르는 香煙처럼
무수한 녹색의 줄기들이
싱싱하게 윤기 흐르는 육체로 솟아나기 위하여
땀을 모아 흘리던 이마의 주름

사나이의 다리는
거머리의 흡혈도 두려워하지 않고
시커먼 물뱀도 무서워하지 않았는데
지금은 고요의 시간

차디찬 혈관엔 노래가 멎고
폐쇄된 입술 위엔 침묵만이
독재의 왕좌를 자랑하고
파열된 눈동자에는 빛의 연약한 여운만이 맴돌 뿐

번식은 심장을 떠나고
가을의 잔치는 영원히 사나이의 지혜를 버린 채
탁류의 서러운 나그네가 되고
아아
물결은 남김없이
귀중한 언약을 거두어 가버렸읍니다

일체의 발자욱을 지워버린 진펄의 황야

늑대의 울부짖음이 울리면 이슬처럼 밤이 내리고
대지의 마지막 체온이 사라지면
돌계집의 검은 치마폭처럼
HADES의 만또가 시체를 덮을 것입니다

그러나 또한 장엄한 암벽의 끝
깊은 오열에서 깨어난 소년이 홀로
참회의 옷자락을 끌며
죽음의 늪 위에 새로운 발자욱을 심기 시작하면
다시금
폐허를 갈아엎는 쟁기 소리가
머지않아 온 땅을 뒤흔들 것입니다

갈색 어항 속의 의식

분홍의 커튼에 물들어 밀려 흘러들어 오는
태양의 파동이
가늘게 떨리며 마루 위에 흩어지는 방
갈색의 벽에 붙은 어항의 조그마한 수면 위에
까맣게 꼬리 갈라진 붕어의 주둥이가 하나 오른다

물거품 없이 호흡되는 산소

많은 발걸음이 닥아오고 그리고 잊혀지며
다시 떠오르는
붕어의 투명한 눈동자가 찬 유리벽에 부딪친 채 파열하면
선명하게 실구름이 수면 위로 떠오른다

발갛게 설익은 시간의 무한한 희망들이 부서져
꽃으로 망울지어 떠오름이다

연꽃처럼 외로운 갈색의 벽 위에
무력한 커튼의 빛살을 받으며 응고하는
붕어의 은빛 비늘은
푸른 유리 천정이 조각조각 부서져 내리는 대학
바람 부는 캠퍼스 한구석에서
땀에 젖은 손수건으로 더 이상 흡수할 수 없는 그
손수건으로
푸른 제복의 울부짖는 이마를 식히려는
손길이 머무르는 가슴의 흰 빳지인지도 모른다

압축된 현대음악의 음파에 출렁이는 어항 속에
부유하는 붕어의 입은
부단히 텅 빈 물을 마시며
조금씩 유리벽을 의식한다

쓴 풀에 쓸어져 가는 흰 토끼의 눈처럼
그렇게 빨갛게 충혈된 채

대기를 응시하면서 차디찬 수면에 부딪치는 입술은
차디찬 자막을 더듬는 이방인의 발바닥
지나가 버린 숱한 발자국 소리를
양탄자 위에 그림자 지게 하려는 듯
꼬리를 힘없이 흔들어 댐은
전기 기타의 요란한 음파에 충격적으로 감응된 때문이리라

계절이 다시 찾아든 정원에는
빈 의자 하나만이 놓여 있는데
假花의 내음이 꽉 들어찬 희미한 방에
시간의 숨소리가 들리고
스프링에 매어 달린 木造人形의 까아만
머리 위에 율동이 내려앉으면
무거운 듯 대기가 떨린다

갈색의 어항을 따라
작열하는 계곡의 거대한 폭포를 찾으면
차디찬 벽을 스며 나오는 맑은 물방울이
거대한 시체 위에 close-up 된다

대학신문 1966. 11. 7.

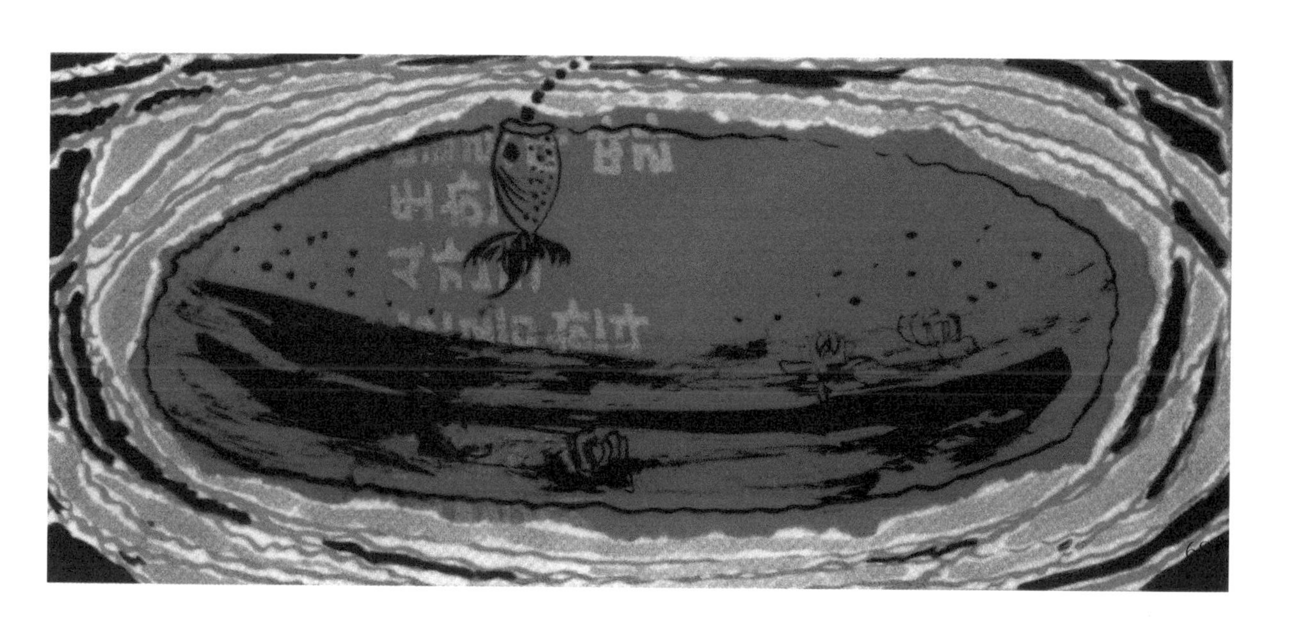

쥐 둘의 죽음

대기의 입술에 마멸된 손잡이
빨갛게 부식된 철문에 피로한 어깨를 밀면
냄새의 회오리치는 소리
두터운 콩크리트 벽에 싸인 채
쥐 둘은 소리 없이 썩고 있었다

음성도 눈길도 변질되는 지하실 구석
아사한 시체 위에 남은 것이라곤
꿈틀댈 것만 같은 몸뚱이의 냉기와
서로 뜯어먹지 않았던 긍지와
그리고 또 어둠 속에서 뒤딸아 쓸어질 후예의 예언

심장의 붕괴하는 조직 위에서
싸늘하게 식은 저주는
향연—만취의 언어를 잃어버린 입술의 자유뿐이었다
아스팔트 지하철
해저턴넬
시장
쥐의 주검은 지하실을 떠나
무너지는 냄새의 파편들을 뿌리며 하늘을 날기 시작했다

"철문이 다시는 닫힐 수 없음은
문설주가 완전히 미쳐버린 때문"

축제의 색깔색깔 풍선 주위로
냄새는 붕괴의 언어를 살포하고
향수 짙은 파—티 테이블 장미 송이에도
검은 움직임. 마지막 순간에 취했던 그 자세는
수없이 복사되어 회전하면서
처음 문에 기대어 섰던 여행자의 다리
부르튼 발바닥을 이야기했다

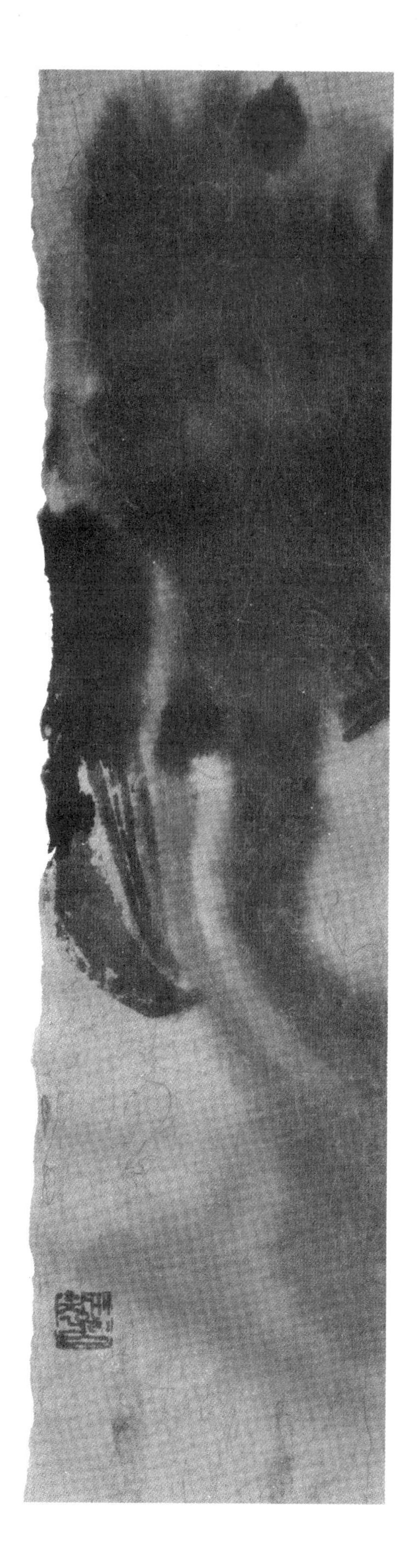

바다와 산과 강을 지나고 사막의 모래바람과
작열하는 태양의 포옹을 지나왔노라고

야회복의 사람들은 그러나 그러나 그러나
어둠에 먹히어 버린 시궁창 쥐들 그것도
이미 와해된 주검 위에 여운 같은 내음의 음성을 위해
情事의 순간만큼이라도 줄 수는 없었노라고
예언은 이야기했다

예언은 쥐 둘의 죄를 이야기했다
예언은 쥐 둘의 뒤에 이어질 죽음
그침 없는 무도회의 밤을 이야기했다

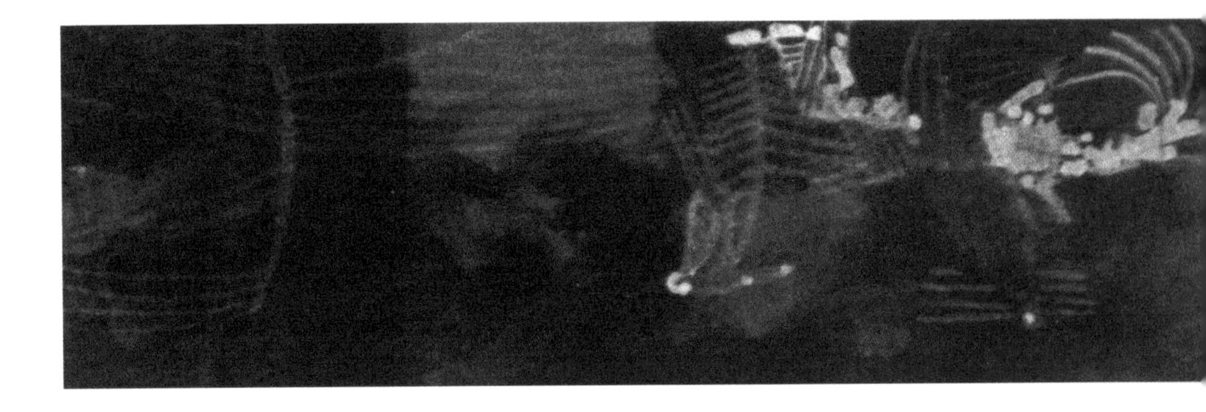

파멸과 잉태의 의미

우리는 소란 속에서
거치른 숨결을 내쉬기로 하자
무의미한 웃음과 난잡한 웃음을 들으며
맑은 귀청의 열망을 잠시 덮어 누르면
질서 없이 널려진 포석 위로
하나씩 밟히는 활엽수 잎새마다
고이는 가을의 슬픈 표정은
갈색의 진한 아픔으로 우리의 눈망울을 시리게 할 것이다
창살로 차단된 파출소에
억류된 행상의 여인네 헝클어진 머리며
빛 잃어가는 눈동자가 향하는 거리에
넘치도록 밀려가는 자유의 군상들
한갓 밤 지나 잊어버릴 욕망에 허덕이며
오만의 출혈을 일삼는 넋들
이울러 가는 잎새의 표정 따라
텅 빈 가슴에 고일 가을의 음성은
뜨겁게 녹아 흐르던 아스팔트 위에
무심히 흩어버린 여름날의 아쉬운 想念을 더듬으며
비틀린 심장에 소용돌이 하는 어리석음의 피가
창백하게 헤어진 영의 쓰린 상처마다
쉴 새 없이 흘러내림을 노래할 것이다
허영과 문명의 가면으로 盛裝한
고층건물의 도시여
원시의 생명을 잉태하던 네
잃어버린 자궁을 회복하라

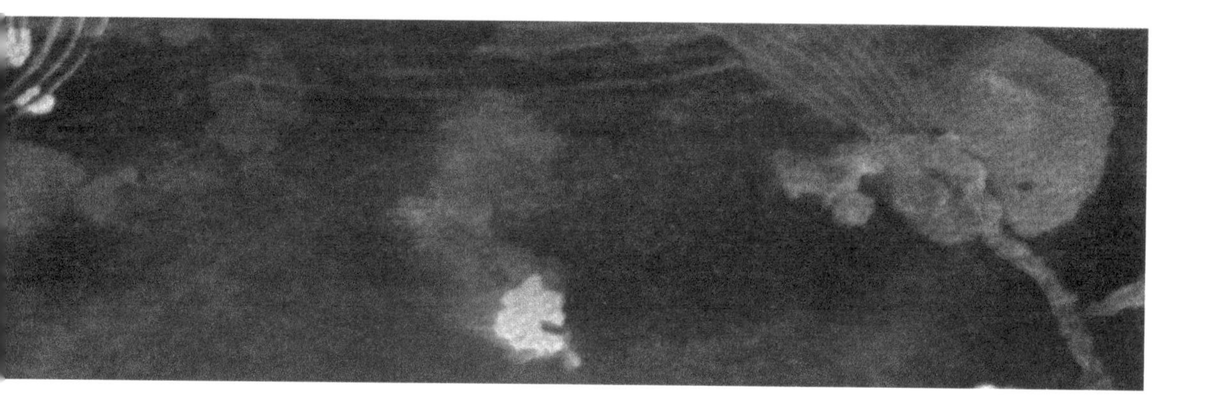

파열하는 약한 가슴들을 어루만지기 보다
하나의 강한 머리를 장식할 줄 아는 생리 속에서
불멸의 균에 먹혀 질식하는
영리함과 이득의 최후가 얼마나 큰
비극의 창으로 난자되는가를
아직은 희미하게나마 남은 시력으로
분명히 운명 앞에 응시하라
우리는 웅성거리는 집단 속에서
쓰레기의 냄새에 따라 질펀하게 더럽혀지는
시장의 외곽에서도
무기력하게 쓰러져 숨지는 하나의 생명 밑으로
잉태의 의미와 흐름을 보자
진통과
피 흘리던 產苦의 기억을 보자

대학신문 1969. 9. 23.

미친 차 네 거리

꼭 건너가야만 하는 길들이
넷 매듭을 이루면
누군가 신호등에 불을 켜야 합니다

하이얀 깃폭을 드리우고
아이들이 민요를 부르고 있을 때
황금의 산정으로 질주하는 차량은 눈먼 자가
오만한 명령을 내리고 있었읍니다

진한 먼지에 가리어 불빛은 싱싱한 색조를 잃어버리고
지향 없이 분주한 사람들의 가슴마다에는
전류가 찐하게
연하게 흘러가고
파란 불 앞에 망설임으로 건너가지 못하는 사람들

그리고
무시되는 빨간 신호등

우회만이 지혜롭게 심어지는 광장에서
누군가
흐리어진 불빛을 되살려야 하는데
태양은 왜 이렇게 오래 구름을 희롱합니까

아아
정녕 누군가 아이들의 죽음을 막아 주어야 합니다

하이얀 기에 영겁의 입김이 여운지도록
아아
정녕 이 거리에 핏방울이 튀지 않도록 해야 하는데
광란의 자동차에
침묵을 줄 자는 어디에 있습니까

헝클어진 길의 매듭을
바래지 않는 평화로 풀어 줄 손길은 어디서
한가로운 호흡을
가만히 내쉬는 것입니까

캠퍼스의 긴 의자 위에서

화단가에 놓여진
캠퍼스의 긴 의자 위에서
어머니 가슴속에 들끓던 그 많은 근심들처럼
소란하게 거리에 밀려가는 사람들을 보면
도서관 한구석에서
석탄 덩이처럼 부서지는 활자들의 소리가 들립니다

하이얀 페인트의 교문과
대학병원
그리고 고장 난 시계탑

어두운 지역에서 마시는 막걸리의 분량과
토해내는 숱한 분노와
그리고 그립다는 사람들의 이름을 눈물과 함께
나는 잊을 수가 없습니다

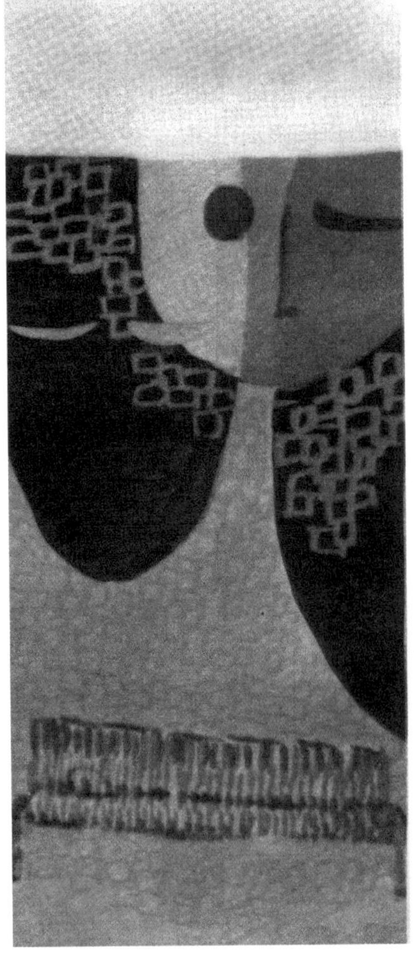

마로니에는 말없이 새 잎으로 무성하여도
함께 떠들며 웃던 벗들이
하나 둘 갈라진 빙산 너머 사라지면
나는 이 긴 의자에 앉아
라일락 향훈을 실어 오는 바람과
머리 위에 그늘지는 가벼운 구름조각들을
가만히 가슴 한구석에 접어 둡니다

해마다 개나리와 함께 캠퍼스를 휩쓰는
새로 온 물결을 바라보며
정열의 불길이 온통 범람하는 시간을 기다리면
정녕
그립다고 소리치던 벗들의 표정을 나는
잊을 수가 없습니다
잊을 수가 없습니다

悲愴(Ⅲ)

망각이 거리에 사람처럼 깔린 오후
스러져 가며 영겁의 통곡을 소리치는 태양 아래
산은 사나운 소리로 노래한다
낙원을 나서는 Adam과 Eve가 부르던 노래보다
오히려 Cain이 울부짖던 인류의 축복들을

진흙의 호흡이 세기를 엮으며
精과 卵이 하늘을 흑색으로 칠하는 시간들이
계속 이어지는 광장에서
무너지는 것은 시간의 처절한 사태

썩은 시체 가득 찬 로마의 궁전에서
화려하게도 무희들의 나체가 무르익어가면
이제는 돌아와 노쇠해 버린 마음의 주름살
끝없이 펼쳐진 호수 위에 뜬 달의 표정이
北極海의 빙산으로 변신하여 창백하여지고
이어 미친 듯 웃어주는 여인들은 산발한
진홍의 Medusa

어쩌면 이렇게 시커먼 팔다리로 서 있는지도
아래를 기어가는 들쥐는 알 수 있을 거다

매일 되 나가는 두 가지 모순에서
밤과 낮이 뒤섞여 혼잡해진 우주
언제까지나 인간의 해골들이 부패의 보람을
도시에서 느낄 것인가

광막을 키우는 독사들이 충만한 우주에서 짖어대는 히스테리가
싯뻘겋게 충혈된 거룩한 무리의 말초신경으로
무감각을 입은 파렴치의 주사기를 통해
삽입되는 소리가 들리는가

너무나 잃을 것이 없는 裸木이기에 서러운

잃고픈 나무들은 마음껏 울어버리고 싶다

폭풍으로 아름답고 비장했던 뱃사람의 최후처럼
그렇게 즐거울 바다도 없이
온통 긁힌 벽으로 싸인 작은 방에서
염통의 주먹질을 들어야 사는 이 먼지
주위에 자꾸만 쌓이는 먼지 속에서
가끔 빛나는 눈동자를 씹을 수도 있다면
너는 죽지 않을 수 있을 것이다

짓누르는 황혼에 구름이 검게 불타버리면
미친 여사제가 나체로 서 있는 Parthenon 신전
폭음과 연기 속에 불타는 그 문전에서
너는 지금 발가벗은 채 노호하고 있다

일체의 邪念이 사망해 버리고
일체의 항거가 항복해 버린 언덕
가뭇없이 뻗어준 들녘 구석구석까지 삐걱거리는
아귀 같은 잡음들은 아직도 부패 極하여
원점으로 환원이 채 못되어 애절해 하는 뼈들
깊은 강물의 흐름을 발로 뭉개며
끊임없이 솟아오르는 가슴속의 무기력은
차라리 잊었던 자신의 탄식일지도 모른다

푸른색을 상실한 채 잔치하던 신혼의 여행이
악마가 주던 술잔임을 뒤늦게 발견하고 나서
가슴에 삽질하던 하늘이 원망스러운 지금
해는 마지막으로 비춰주지도 않는다
달은 또 떠오르지도 않는다
우주가 온통 침묵하고
옛 황홀하던 Narciss의 신화도 못 읽은 너는
검은 밤을 맞이하면서 아무런 통곡도
절망도 마시지 않을 것이냐
폐허 된 옛집에 귀환하여
거기 쌓인 조상들의 추행을 음미하면
아름다운 城이 정녕 눈에 즐거움이 될 것이냐

깊은 숲에 싸여 빛나는 城이라도
깃발이 하얗게 나붓기는 하늘 아래라 해도
회색으로 흰 표백분이 오히려 두려워 떠는
과거를 짓씹으며
너는 환호에 재산을 섞을 수 있을 것이냐

이미 밤이
포효하는 사자 등을 타고 질주하고 있다

사람들이 내쏘는 빛살 속에 질식한
어느 소녀의 긴 금발들이 길에
흩어져 닭털처럼 흩날린다면
지금
목아지에 네 피가 계속 흐를 것이냐

모든 호흡이 종식되고
모든 사물이 회신해 버린 폐허 위에서
일체의 꿈을 믿어보지 말자
찬란으로 장식된 과거의 유물에 너는
가래 침으로 광란해야 좋다
모든 언어를 내던지고
이제는 모든 눈들을 터뜨려 버리는
群盜의 용기를 발휘해야 한다
네 염통을 터뜨려라
네 영혼을 찢어 버려라

슬픔은 온갖 사랑의 종점

깊숙이 괴로움에 떨며 부르는 젊음은
그것으로 충분히 아름답다
모든 것이 黑化해 가면 갈수록
가슴을 파헤치는 칼날을 입 맞출 수 있는 젊음이라면
쓰라린 시간이다
비창은
파괴의 파괴자이다

'64 HEA YOUNG

겨울비 모놀로그(MONOLOGUE)

겨울비는 언 땅 위에 계속 내리고
흙탕에 딩구는 젊은이의 심장은 약하게
아직 아픔을
찢어진 혈관 사이로 고동치고 있읍니다

당신의 부드러운 젖가슴 깊숙한 영역에는
해안 절벽에 부서지는 흰 파도 거품 위에
부서져 내리는
창백한 밤의 표정들처럼
슬픈 비밀들은 흐느끼고 싶어 합니다

불 꺼진 가로등 아래
이마를 마주 댄 채 조용히
나의 아픔을 전해 듣던
당신의 그 괴로운 귓가에
새삼
숙명이 흘리는 아픔의 소리를 떨구어야 하겠읍니다

계절풍을 따라 오가는 언어의 원무들보다
따뜻이 손을 잡고
흘러가는 자동차의 이어진 줄을 바라보며
침묵 너머 하나씩 여물어 가는 존재의 의미 앞에서
전률하는 가슴으로 포옹하지 않을 수 없던 시간을
당신은 깊숙한 기억의 나라에서 음미하며
고뇌의 음성을 가만히 들어 주십시오

나는 당신의 사람
PANTHEON의 석주마다 타오르는 횃불처럼
푸른 강물의 여울마다
하나씩 떨어지는 잎새들 위에 반짝이는 별은
잔 물결과 다정한 대화를 시작합니다

수양버들의 그늘 아래 잎새가 흐르면
차가운 물결에 별은 얼어붙은 입으로
괴로운 한숨만을 던지고
푸르던 강물이 온통 아픔의 가시가 되어 흐릅니다

흐름 따라 그늘이 지고
그늘 따라 다정한 얼굴이 가려지는 긴
긴 강물 위에
잎새는 그침 없이 물 위에 지고
여울마다 햇빛의 반짝임이 기다림을 하고
당신은 아름다운 잎새에 넋을 주어
조용히 햇빛의 가슴속에 설레임을 심고
푸른 들은
한없이 광채에 휩쓸리고 있었읍니다

하이얀 문을 지나면
거룩한 불길이 타오르는 눈동자들이 밤을 밝히고
페이지를 더듬는 전당이 있고
높다란 건물의 창문마다 밝혀진 불빛을 따라
어른거리는 그림자를 밟으며 바람에 쓸려가던
낙엽의 쉬쉬거리는 소리들이
지금 가슴 가득히 울리고 있는데
인적 없는 산길에 뿌려진 뭇 시간들이
소란한 거리에 산적한 나의 발자국들과 함께 어울려
예리한 창 끝으로 무거운 머리를 들쑤시면
끊어진 마음의 율동만이
불협화음을 내고 있읍니다

울려보낸 여인들의 마지막 시선들이
아직 가슴 깊숙한 곳에서 가늘게 떨리고
다시는 만져 볼 수 없는 어머니의 까칠하던 손등이
거칠게 아픔을 파도치게 합니다

어두운 골목길에서 지새던
사탄의 밤들이 몰려와
가슴에 커다란 무넘을 파기 시작하면
돌이킬 수 없는 기관차의 질주 앞에서 망연히
화석이 된 벗
내 어린 날의 벗이 누운 무덤가에다
한그루 상록수를 심기 위하여
눈물에 젖은 손으로
삽을 더듬어 쥐던 순간
머리 위에 떨어진 파리의 시체는 그 무게로
새삼 아픔을 눌렀습니다.

화려한 장식과 젊음과 소란이 흥에 얼려
메마른 마루 위에 넘쳐흐르던 때에도
얄팍한 가슴을 태우는 난로 속에서
한 장씩 재가 되는 방황의 기록이 눈에 선하고
바람결에 흘려버렸던 조그마한 욕심들이
하나씩 돌아와 마음속에 자리함을 보고
창백하게 온몸을 떨었던 것을
당신의 떨리는 귓가에 조용히 떨구고 있읍니다.

폭우치는 거리에 홀로
살아있는 수은등 아래 서서
따뜻한 난로 주변에 모여 앉았을 벗들에게
영원한 안식을 기원하면서
당신의 가슴에 이마를 기댄 채 이야기함은
어리석었던 나의 시간과 부끄러움보다
겨울비 속에 흔들리지 않는 당신의 눈빛이
더욱 순결하기 때문입니다

유리처럼 정열이 부서지고
폐허의 쓰레기에서 절망이 흐르기 시작하면
빗줄기가 더욱 거세어져도

당신의 젖가슴에서 작열하는 불길은 바로
생명을 기름으로
타오르는 영원의 불길이기에
이렇게 차디찬 빗속에서
아픔의 언어를 이야기하는 것입니다

낙엽은 몸을 썩혀 푸른 잎이 되고
마음은 깨어져
숭고한 비극의 영혼이 됩니다
내가 죽음의 거리를 미친 듯 방황할 때는
온갖 언어가 침묵하고
소돔과 고모라에 거대한 해일이 밀어 닥치고
온 땅은 진통에 몸을 떨었읍니다

낙엽도 없고
깨어질 마음도 없는 왕국에서
한가로운 구름 그림자에 몸을 식히며
시냇물 흐름소리에 잠겨 오후를 보내는 것은
하이얀 문너머
열띈 병자들의 전당 앞에 서서
추잡한 욕설의 포문을 여는 것이기 때문입니다

겨울비가
아직 거리를 적시고 있읍니다

가난한 가슴에 고인
더러운 흙탕물들은
지금 서서히 흘러내리기 시작합니다

빰을 타고 내리는 빗물이
높다란 수은등 불빛에 반짝이면서 한 방울씩

뜨거운 눈물이 되는 시간에
당신의 가슴에서 부서지는 별들은
나의 가슴속에서
잃어버린 빛을 발견할 것입니다

조각조각 부서진 마음의 파편마다
피를 토하며 거리를 걷던 영혼의
마지막 흐느낌이
아직 뜨거움을 다하지 못한 채 떨면
당신은
차가운 입맞춤으로 존재의 열매를 익히려던
당신의 사람에게
뜨거운 포옹을 주십시오

그때
당신의 떨리는 귓전에는
불멸의 언어가 끊임없이
타오르기 시작할 것입니다

*86

切 頭 山

다시금 9월에 젖어 붉어진 태양 아래
漢江은 이 산을 돌아 흐르고
바람과 시간에도 바래지 않은
영겁의 침묵이 물결 따라 번져 나가면
純白의 빛을 제대포 너머 빛을 던지는 촛불은
뜨거운 피를 기름하여 타오르는 기도
그리스도의 빵을 에워싼 순교자의
뜨거운 떼 • 데움(TE DEUM)

아아
식어가는 강물 위로
하나씩 떨어지던 머리여

언어의 極辺에 이른다 하여
모래 위에 뿌려진 님들의 숱한 핏방울을
한껏 기릴 혀가 있으랴
切頭의 순간순간마다 始源하던 不渴의 샘을
막을 손이 있으랴

유혹에 굽힘 없는 목줄기를 끊어
영원한 죽음에 덮인 不毛의 대지 위로
참된 생명의 피를 뿌리게 함은
차디찬 軍刀의 휘두름도 아니고
서러운 눈물 흘려줄 이조차 남지 않은
탐욕스런 세상의 마지막 먼지 길에서
잡초의 흔들림 따라 날아오던
군중의 돌은 더욱 아니다

좀 더 뿌리 깊은 곳에서 곪아 들던 것은
선비의 목을 벤 왕궁의 환락과
태양을 등진 위선의 역사와 함께
파멸을 부르는 증오의 강물들

형식의 오만 속에서
깨어날 줄 모르는 탐닉의 수면 속에서
작열하는 사막의 모래알처럼
미친 듯 타오르던 피의 갈증이 칼날이 되어
切頭山 기슭으로
역사의 강물 위로
꽃처럼 목을 날린 것이다

갈갈이 해어진 두루마기는
태양 너머 찬란한 純白의 祭衣
진하게 깔리는 핏빛 노을은
하늘을 향하여 타오르는 기도의 촛불
성스러운 제대가 된 사형장 위로
명예와 재산과 본능과
또 생명의 애착까지도
피와 살의 거룩한 燔祭가 되어
거대한 화염으로 불타오를 때
오오
일치된 신앙으로 붉어진 뭇 넋이
하나이신 그분께 삼가 드리던
생명의 제사여

꽹과리의 울림이 긴 여운을 끌면
허공을 가르며 난무하는 칼날 위로
수없이 부서지던 밤과 낮의 교차
핏발 선 회광이의 눈들이며
잔인한 軍刀의 무도가
女人의 몸이라 아끼어 주랴
아이의 부드러운 살결이라 용서해 주랴

딩구는 몸뚱이도 깨어진 해골도 모두
오랜 세월의 망각에 내던져진 채
이슬이 맺히는 밤의 고요 속에

흙으로 흔적 없이 환원되어 갈 때
　어리석은 고집
　허무한 개죽음이 아닌가
　신앙이란 환상 속에서
　처참히도 사형당한 그들
　누가 기억이나 하랴
　무덤도 없는데라고
이죽이며 비웃던 무리들은 지금 어디 있는가

쾌락에 사로잡힌 거짓의 지혜로 하여
먼지 같은 생명의 집착으로 하여
진리를 조소하는 인간적인 완고로 하여
그 오만으로 하여
비웃던 자들의 환상은 오히려
바람 따라 날리는 한낱 낙엽처럼
처절한 망각의 주검을 뿌리고 갔을 뿐인데
切頭의 山에서 흘린 피를 그들은
어리석다고 했다
切頭의 山에서 뒹굴던 머리를
미련하다고 했다
切頭의 山에서 썩던 몸뚱이를
그들은
허무하다고 했다

아아
후손의 무딘 혀로
님들을 足히 찬미할 수 없음이여
누가 일어나
님들의 영광에 빛을 더하랴
베드로 대성전의 종소리와 함께
영광의 나라에 새겨진 이름들
지존의 광채로 빛나는
순교의 넋이여

피의 화산처럼 폭발하여 온 땅을 뒤흔드는
로마의 장엄한 합창 속에서
님들은 지복의 자세를 일으키어
불멸의 생명을 잉태한 핏방울이
무수히 심겨지던 刑場을 증언하라
漢江의 줄기로 하여 이 산의 피가
새남터로 양화진으로 끊임없이 이어짐을
드높이 승화된 음성으로 부르짖으라

순교는 순간이 아닌 것
무자비한 채찍 아래 더욱 불타던
사랑의 忍苦와 함께
기나긴 감옥의 추위 속에서도
의혹과 어두움에 시달리는 가슴속에서
지칠 줄 모르고 성장하던 신앙의 샘은
Calvaria 언덕으로 세워졌던 십자가 위
피투성이 가시관의 그리스도였다

목이 떨어지던 순간에 드린
주여, 저들이 하는 바를 아지 못하나이다의
기도가
증오로 비대해진 세대에 들리게 하라

순교자의 대열이여
이 산에 올라 장엄한 제사를 드린
피의 사제군이여

切頭山의 작은 성당 아래
不朽의 반석으로 묻힌 님들은
가혹한 박해 속에 숨어야 했고
몰이해와 천대 속에 고독했으며
약하고 가난하고 어리석었음을
안일을 추구하는 세대가 깨닫게 하라

탄압 아래 토하던 숱한 한숨과
血肉의 비극으로 지새던 눈물의 밤은
자유로운 신앙의 시대 앞에 베풀어진
자유의 보람이 무엇이냐고
우뢰의 폭음으로 질문하고 있다
Mammon의 의상과 향락의 독버섯이
利己의 즙으로 무성하는 토양 위에서
아직 순교는 끝나지 않았고
순교의 전통은 끊어지지 아니 했는데
딩굴던 해골의 증언과
용솟음치던 핏줄기의 기도 앞에서
이 산에 오르던 죽음의 행열을
깜박이는 촛불의 행열로 대신할 수 있으랴

오오
切頭山의 꽃이여
님들의 거룩한 피로 새로 난 이 땅 위에
하나의 길만이 닦이도록 하라
님들의 피로 빚은 이 흙으로
하나의 성전만이 건설되게 하라
하나의 제대가 세워지고
하나의 제사를 드릴 때
님들이 합창하는 불멸의 찬미가에 따라
이 땅의 모든 사람이 가슴마다
마르지 않는 생명의 샘을 발견하고
힘차게 노래를 시작하게 하라
그리하여 이 산에서 始源한 순교의 피가
이 땅에 영원히 노래하게 하라

가톨릭시보 1968. 10.
병인순교시복 기념문예현상 당선작

여름날 여로에 오른 우리네 궁지

혈관을 하나씩 찢어내리는 펜 끝
뜨거운 독설에 취한 채
우리네 높은 긍지가 여로에 오를 때
어제 아침 참에 읽었던
세대교체론을 회상해 가며 머리를 흔들면
수없이 5원짜리 동전이 부딪치는 소리들이
해일처럼
욕망의 핵심에 밀어닥친다

서서히 나른해지는 잎새들이
캠퍼스 의자 위로 푸름을 다 빛내지 못한 채
벌써
결실의 순간으로 물들기 전에
하나 둘 떨어지는 시간이 올과 날이 되어
자학의 액체로 화하여 감은
탄소동화 작용의 응결로 탄생할 생명이
뜨거운
너무나 뜨거운 우리네 언어 때문에
지레 질식해버린 때문인지도 모른다

백치 같은 웃음으로 존경을 모으던
은막의 왕 K 씨는
마지막 주정을 뱉아 놓던 막걸리 잔을 들고
서럽게 울었다
그것도 오늘 아침 신문에서
까십난을 채울 자아의 가면을 생각하며
아픈 눈물을 흘리지 않을 수 없었던 것
K 씨는 아직도
마로니에를 기억하고 있을까

씰크 타이를 매고
흰색 와이샤쓰에 스치는 바람결 따라
우리네 존경스런 선민의식이 흐르는 오후
주말의 하늘이 마치

순수한 젊음의 샘처럼 머리 위에 고이고
구름은 가볍게
우주의 유모어를 끊임없이 던져 주는데
구두 매끄러운 표피에 굴러떨어지는 먼지는
혹시
그늘진 고궁으로 비틀거리며 사라지는
우리네 역사의 촉각은 아닐가

궁상떨며 TV 카메라 앞에서
열심히 현재를 찬양하던 우리네 노 교수는
지금 이처럼 고요한 고목의 그늘에서
아마도
피로의 결을 하나씩 헤아리고 있겠지
위선의 가면 무게만큼이나 고통스럽게
노쇠해 가는 근육을 잡아당기는
후대의 음성들 때문에라도
그의 본능은
흙처럼 흔해 빠진 양심의 고통을 애써
자극하려 들추기고 있겠지

시간을 재면서
지식의 갈피를 넘기는 우리네 강사들은 또
주말의 한잔 맥주를 위해
숱한 단어들을 번역한 것은 아닐 터이지 아마

그런데 정말로 이상스러운 것은
백발이 성성한 우리네 전통이
황금의 의상을 입고
지하 69미터의 석관에 누워 있는
진열용 미이라와 꼭 닮았다는 사실을
아무도 들어 말하지 않았다는 사실
언제면 우리
현기증에 파르르 떨며 진실을 노려보던
벤취의 철학도를 기억해 줄까

언제면 우리
심장을 개에게 던져 버린 시인의

마지막 각혈 앞에서
경건한 묵념을 울릴 것인가

자아의 백색 집념으로 돌아갈 때마다
악마와 함께 왈츠라도 추는 기분으로
공포를 일으키는 암흑의 풀무로 하여
팽창의 極까지 걸어간 우리네 피부

한 올의 의상이나마
낱낱이 벗어버려라

짤막한 상식의 막대기로 운명을 재는
허영의 도심지에서
Ego로 가득 세련된 시선에 깊이 젖은 우리네
판단과 의지는
Solon의 지혜에 부조리를 부여하며
새로움의 철학을 창조하는데 몰두하고
우선 파괴와
우선 부정의 논리 앞에
스스로 우상숭배자의 긍지를 식목일마다
기념식수하는 고급공무원처럼
자랑스런 손길로 가슴에 심으면
빈 바람이 가득한 명동 거리로
주말을 즐기러 걸어가는 것이다
묘한 Hair Style에 무감각해진 체면은
한 장의 춘화를 찾아 부지런한
시신경을 칭송하며
지하도의 거지를 도시의 마스코트처럼
아낄 줄 아는 한 닢 동전이 떨어지는 소리에
점잖게도 눈살을 찌푸려 보인다

선풍기 아래 땀을 날리며 여름날
긴 여로에 오르는 우리네 화려한 긍지는
마로니에 잎새 위에서
태양의 응결과 함께 무한대의 공간이 묻은
하나의 음성을 들을 수 있을까

글쎄……

얼만큼 강한 충격의 판결이 내리면
우리네 조용히 질식한 학문이
동전 부딪는 소리보다 더 큰 음파로
narcissist들의 주파수에
천둥 칠 수 있을런지

쇠약한 언어를 칠판 위에 되삭임하는
분필의 긍지보다
단두대의 언어를 pavement처럼
우리네 평범한 생활의 도로에 깔 줄 아는
겸허한 용기가 더욱 귀한 지금

싸구려 복사판을 들으며
뜨거운 시간을 씹어먹는 곤충들에게
우린 장엄하게
분노의 처형장을 마련해야 하지 않은가
온갖 수치의 악기를 버리고
불협화음의 연주자를 추방해 버리고
한 곡
멋진 협주곡을 연주해야 하지 않은가

언제면 우리네 일기장이
흥겨운 민요에 미소 띄우며
시골길을 걷는
진실한 긍지의 하루로 가득 찰 것인가

마로니에 잎새 무성해지는 계절이
더운 입김으로 정열을 익혀가는 시간에
우린 정말
이 땅에 노예해방을 음모하고 있는가

쇠사슬에서
우리네 목을 조르는 쇠사슬에서
해방되는 자신을 삼가 두 손에 받쳐
이글거리는 태양 앞에 설 수 있을 것인가

詩 書 集
韓 의 숲

1969年 11月 25日 印刷
1969年 12月 1日 發行

著 者 李 東 震

發行處 圖書出版 志 學 社
서울特別市中區乙支路3街315(同和삘딩)
対替 서울 1196 Tel : 26-2490
登錄 1965年 8月26日 第1632號

印刷 大 林 文 化 印 刷 (株)
서울特別市中區忠武路三街伍九
電 話 ㉘ 5355・0715 番

값 1,200 원

시화집
韓의 숲

2019년 12월 12일 복간 발행

지 은 이 | 이동진
펴 낸 곳 | 해누리
펴 낸 이 | 김진용
편집주간 | 조종순
디 자 인 | 종달새
마 케 팅 | 김진용

등 록 | 1998년 9월 9일 (제16-1732호)
등록변경 | 2013년 12월 9일 (제2002-000398호)
주 소 | 서울시 영등포구 당산로 20길 13-1
전 화 | (02) 335-0414 팩스 | (02) 335-0416
전자우편 | haenuri0414@naver.com

ISBN 978-89-6226-110-3(03810)